KB114215

鵬 붕정대연가

붕정대연가(鵬程大戀歌) 16

임영기 新무협 판타지 소설

초판 1쇄 찍은 날 § 2022년 3월 11일
초판 1쇄 펴낸 날 § 2022년 3월 18일

지은이 § 임영기
펴낸이 § 서경석

총괄팀장 § 황창선
편집책임 § 김우진
디자인 § 스튜디오 이너스

펴낸곳 § 도서출판 청어람
등록번호 § 제387-1999-000006호
등록일자 § 1999. 5. 31
어람번호 § 제2-2904호

본사 § 경기도 부천시 부일로 483번길 40 서경B/D 3F (우) 14640
편집부 § 서울시 구로구 디지털로 272 한신IT타워 404호 (우) 08389
전화 § 02-6956-0531 팩스 § 02-6956-0532
http://www.chungeoram.com
E-mail § chungeorambook@daum.net

ⓒ 임영기, 2021

ISBN 979-11-04-92422-4 04810
ISBN 979-11-04-92299-2 (세트)

※ 파본은 구입하신 서점에서 교환하여 드립니다.
※ 저자와 협의하여 인지를 붙이지 않습니다.
※ 이 책은 도서출판 청어람과 저작자의 계약에 의해 출판된 것이므로,
무단 전재 및 유포·공유를 금합니다.

도서출판 청어람

16

임영기 新무협 판타지 소설

Cover illust A4

북정대연가

FANTASTIC ORIENTAL HEROES

붕정대연가

목차

第百六十三章

불운(不運)

부옥령은 지금 진천룡이 어떤 상태인지 정확하게 알지 못하기 때문에 함부로 손을 쓸 수가 없어서 마음이 더욱 착잡하기 그지없었다.

그녀가 봤을 때 그가 숨은 쉬고 있는 것 같은데 눈을 허옇게 뜨고 몸을 부들부들 떨고 있어서 왜 그런 것인지 짐작조차 할 수가 없었다.

부옥령은 침상 옆에 두 손을 모으고 서 있는 은조를 보면서 책망하듯 물었다.

"어찌 된 일이냐?"

은조는 진천룡이 저러는 것이 자신의 죄인 양 어쩔 줄을 모르며 떨리는 목소리로 대답했다.

"무엇인가가 주인님의 목을 부러뜨렸어요……."

"그 무엇인가가 뭐냐?"

"모… 모릅니다."

"쓸모없는 것!"

은조는 신령안을 진천룡에게 빌려주기만 하는 것이라서 자세히 알지 못한다.

다만 느낌으로만 짐작할 뿐인데, 그녀의 느낌으로는 신령안 속에서 무언가 흐릿한 것이 솟구치며 진천룡의 목을 부러뜨린 것 같았다.

단지 미래를 예시하는 신령안을 지녔을 뿐인 은조에게 대체 무슨 잘못이 있겠는가.

부옥령이 그걸 모를 리가 없다. 그러면서도 답답해서 그녀를 나무란 것이다.

"음……."

그때 진천룡이 미약한 신음을 흘리며 깨어났다.

"주인님!"

부옥령과 은조는 동시에 기쁨의 탄성을 터뜨리며 진천룡에게 다가갔다.

뚜두둑…….

진천룡은 옆으로 젖혀졌던 고개를 천천히 똑바로 하면서 눈을 껌뻑거렸다.

"령아……."

"주인님……!"

부옥령은 진천룡 얼굴에 자신의 얼굴을 가까이 가져가서 들여다보며 울먹였다.

"괜찮아요?"

"그래, 나는 괜찮아."

"정말 괜찮아요?"

진천룡은 애써 미소를 지어 보였다.

"깜빡 정신을 잃었던 것뿐이야."

부옥령은 진천룡 가슴에 엎드리며 와락 울음을 터뜨렸다.

"흐어엉! 당신이 죽은 줄 알았잖아요……!"

부옥령은 원래 피도 눈물도 없는 여자였는데 지금은 걸핏하면 눈물을 보이고 있다.

물론 진천룡 때문이다. 그가 아니라면 그녀가 울 일이 뭐가 있겠는가.

일부러 그러는 것이 아니다. 자신의 감정이 이처럼 연약해진 것을 깨달았다면 기를 쓰고서라도 연약해지지 않으려고 노력할 것이다.

그렇지만 사랑의 감정이라는 것은 그녀가 알지 못하는 사이에 불치병처럼 폐부 깊숙이 들어와 똬리를 틀었다.

이제는 어쩔 수 없이 불치병을 폐부에 각인시킨 채 살아가야만 한다.

그 불치병은 치유할 수도 없을뿐더러 치유가 되더라도 오히려 그 때문에 죽을만큼 힘들 것이기 때문이다.

은조도 침상 옆에 서서 울고 있다. 부옥령만큼은 아니지만 그녀도 큰 충격을 받았다.

은조는 부옥령이 진천룡을 깊이 사랑하고 있다는 사실을 잘 알고 있다.

진천룡의 여종이며 최측근인 은조와 청랑이 진천룡과 부옥령이 한 침상에 자면서 무엇을 하는지 모를 리가 없다.

은조와 청랑도 진천룡을 진심으로 사랑하고 있지만 그 사랑은 부옥령과 다르다.

부옥령이 진천룡에 향한 사랑은 사랑 그 자체이지만 은조와 청랑의 사랑은 존경심이 더 크게 작용하고 있다.

부옥령은 진천룡 가슴에 뺨을 대고 그를 가까이에서 바라보며 애달픈 표정을 지었다.

[당신이 죽으면 천첩도 죽어요. 아셨죠?]

진천룡은 가슴이 뭉클해서 손으로 부옥령의 머리를 부드럽게 쓰다듬었다.

[알았다.]

부옥령은 몸을 일으키면서 진천룡의 입술에 자신의 입술을 비비고는 아랫입술을 살짝 빨았다.

[사랑해요. 죽도록……!]

진천룡은 자신이 신령안을 통해서 본 미래의 광경을 사실대로 말하지 않았다. 사실대로 말하면 부옥령이 충격을 받을 것이기 때문이다.

부옥령은 놀란 표정으로 말했다.

"주인님 목이 부러진다고요?"

사실 그는 무엇인가 알 수 없는 존재가 부옥령의 목을 부러뜨려서 죽이는 광경을 목격했었다.

아까 은조의 신령안을 통해서 봤을 때 그 상황이 너무도 생생하여 그 자신이 당하는 것 같은 착각이 들어서 목이 꺾였던 것이었을 뿐이다.

"그래."

그렇지만 부옥령에게 그녀의 목이 부러져서 죽을 것이라는 말을 차마 할 수가 없었다.

진천룡이 은조의 신령안을 통해서 본 것은 처음 보는 어떤 사람이 부옥령을 죽이는 광경이었다.

그 사람이 남자인지 여자인지는 분명하지가 않았다. 얼굴을 알아볼 수가 없었다.

하지만 그 사람에겐 한 가지 특징이 있었는데 그에게서 묘한 소리가 났다는 것이었다.

방울 소리보다는 약하고 절의 처마에 매달린 풍경 소리보다는 좀 더 청아했다.

신령안 속에서 부옥령은 절체절명의 순간에 놓인 진천룡을 살리려고 몸을 날렸다가 그를 살리는 대신 자신의 목뼈가 부러지고 말았다.

아무리 신령안이라고 해도 손에 쥐여주듯이 자세히 알려주지는 않는다.

단지 절체절명의 순간에 진천룡을 살리려고 부옥령이 대신 목숨을 바칠 것이라는 예시만 보여주었을 뿐이다. 그러므로 그것에 방비를 해야만 한다.

진천룡은 잔뜩 미간을 찌푸렸다.

'도대체 누가 무엇 때문에…….'

그는 정신을 집중하면서 아까 신령안으로 보았던 그 희끗하면서도 거무스레한 사람이 누구인지 골똘히 생각해 보았으나 도무지 알 수가 없다.

은조의 신령안 즉, 예지력은 절대 틀리지 않는다. 지난번에도 그 예지력 덕분에 진천룡과 설옥군을 비롯한 측근 모두가 목숨을 건진 적이 있었다.

진천룡은 더 이상 술 마실 기분이 아니라서 술자리를 파하고 침실의 탁자에 앉아 어두운 창밖을 내다보며 깊은 생각에 잠겨 들었다.

부옥령은 향긋한 차가 담긴 찻잔 두 개를 들고 다가와 진천룡 옆에 앉았다.

"뭐 좀 알아냈어요?"

진천룡은 부옥령을 보며 따스한 미소를 지었다.

"급습일 거 같아."

아까 신령안으로 봤던 것에 대한 이야기의 연장이다.

"그럴 거예요."

부옥령은 고개를 끄덕였다.

그녀는 산전수전 두루 겪어서 경험으로 치면 천하에서도 손가락을 꼽을 정도일 것이다.

그렇지만 진천룡은 모든 것을 설옥군과 부옥령이 해주었기 때문에 생각하는 것에 서툴다.

그런 그가 단서라고 할 게 별로 없는 상황에서 '급습'이라는 사실을 도출해 냈다는 것은 장족의 발전을 한 것이다.

"현시점에서는 무림의 그 어느 세력이라고 해도 영웅문을 쉽사리 무너뜨리지 못할 거야."

"그렇죠."

현재의 영웅문은 비록 덩치와 세력이 검황천문이나 천군성에는 못 미치지만 그들을 제외하면 가히 무림에서 가장 거대한 세력 중 하나라고 할 수 있다.

강북무림의 절대자인 천군성이 영웅문을 공격할 리는 없을 테고, 여러 차례 대대적으로 공격했다가 뜨거운 맛을 보고 물러간 검황천문이 다시 재공격을 하는 것은 결코 쉬운 일이 아닐 것이다.

반로환동의 경지에 거의 다다른 진천룡과 반로환동 경지에 이른 부옥령을 사지로 몰아넣을 정도의 급습을 하려면 우내십절 이상의 능력을 지닌 인물이어야만 한다.

또한 대규모 공격보다는 소수의 인원이 영웅문에 잠입하여 급습할 가능성이 높다.

'그런 인물이 도대체 누군가…….'

진천룡은 속으로 중얼거리다가 불현듯 생각나는 것이 있어서 부옥령에게 물었다.

"령아, 너 일전에 나한테 천하이대성역이라는 것이 있다고 말했었지?"

"그래요."

부옥령은 그윽한 눈빛으로 그를 바라보며 말했다.

"성신도와 무극애가 천하이대성역이에요."

"그들이 우릴 공격할 이유가 있나?"

부옥령은 자신 없는 표정을 지었다.

"글쎄요."

부옥령의 생각으로는 설옥군의 고향인 성신도라면 영웅문을 공격할 가능성이 전혀 없지만은 않을 것 같았다.

만약 성신도에서 설옥군과 진천룡의 관계를 의심한다면 진천룡을 제거하려고 할 수도 있을 것이다.

천하이대성역의 또 한 군데인 무극애는 영웅문하고 아무런 은원 관계가 없으므로 공격이나 습격할 이유 역시 없다.

'성신도라…….'

부옥령은 무극애와 마찬가지로 성신도에 대해서도 거의 모르고 있다.

그저 성신도 사람들이 신대붕을 타고 천군성에 두 번 온 것을 잠시 영접했던 게 그녀가 알고 있는 전부였다.

설옥군이 기억을 회복한 후에도 진천룡과의 기억을 잃어버리지 않았다면 성신도가 진천룡을 죽이려고 하는 것을 절대로 용납하지 않을 것이다.

그녀가 자신의 목숨보다 더 사랑하는 진천룡이 죽게 내버려 둘 리가 없다.

반대로 설옥군이 진천룡과의 기억을 잃어버렸다면 더더욱 성신도가 그를 해칠 이유가 없지 않은가.

부옥령이 다시 곰곰이 생각해 보니까 성신도가 진천룡을 해칠 것 같지는 않았다.

'그렇다면 도대체 누가…….'

진천룡이 다시 물었다.

"령아, 천하에 신비한 곳은 천하이대성역뿐이야?"

진천룡의 중얼거림에 부옥령은 번뜻 생각나는 것이 있다.

"천하사대비역(天下四大秘域)이 있어요."

"그건 뭐지?"

"천하이대성역과 천하이대금역(天下二大禁域)을 합쳐서 천하사대비역이라고 불러요."

진천룡은 진지한 얼굴로 물었다.

"그들이 우릴 공격할 이유가 있을까?"

부옥령은 잠시 생각하다가 고개를 살래살래 가로저었다.

"없어요."

"그들에 대해서 잘 알아?"

"잘 몰라요."

"그러면서 그들이 우릴 공격할지 어떨지 너는 어떻게 안다는 것이냐?"

부옥령은 그의 허벅지에 손을 얹고 부드럽게 쓰다듬으며 생글생글 미소 지었다.

"그렇게 서로 모르는 상태인데 무엇 때문에 우릴 공격하겠어요? 이유가 없잖아요."

진천룡은 잠시 생각하다가 고개를 끄떡였다.

"하긴 그렇군."

싸움이라는 것은 조금이라도 이해관계가 얽혀 있을 때만 이루어지는 것이다.

아무런 이해관계도 없고 생판 모르는 관계에서는 싸움이 일어날 수가 없다.

아니, 싸움이 일어날 수도 있는데 그런 경우에는 제삼자가 개입해야 가능하다.

이간질이다. 누가 자신의 이득을 취하기 위해서 영웅문과 또 다른 세력을 싸움 붙이는 것이다.

진천룡은 어려운 난제를 반드시 풀고 말겠다는 듯 얼굴을 잔뜩 찌푸린 채 골똘히 생각에 잠겨 있다.

그 모습을 보고 부옥령이 그의 허벅지를 쓰다듬으면서 부드럽게 불렀다.

"주인님."

"응?"

"무림의 말 중에서 '어두운 곳에서 찔러오는 창은 피하기가 어렵다'라는 게 있어요."

그 말이 지금 상황을 가장 적절하게 표현한 것 같았다.

"아무래도 그렇겠지."

"그걸 피하려는 것은 어리석은 생각이에요."

진천룡은 씁쓸한 미소를 지었다.

"그럼 그냥 가만히 있다가 찔려야 하나?"

"아니죠. 막아야 해요."

진천룡은 고개를 끄떡였다.

"피할 수 없으니까 막는다는 거로군, 어떻게?"

"생각해 봐야죠."

머지않아서 위기가 닥쳐올 거라고 하지만 부옥령은 지금 이 순간이 너무도 행복했다.

설옥군이 있을 때는 그녀를 질투한 적이 한 번도 없었는데, 막상 그녀가 없어지고 진천룡과 단둘만 있으니까 이처럼 행복할 수가 없다.

이것도 저것도 다 싫고 그저 진천룡하고 단둘이서만 살았으면 좋겠다는 생각이 굴뚝같았다.

그녀는 골똘한 생각에 잠긴 진천룡을 물끄러미 바라보며 잔잔한 미소를 지었다.

방금 부옥령이 어둠 속에서 찔러오는 창을 '막을 수 있는 방법'을 생각해 봐야 한다고 말했기 때문에 진천룡은 그 생각에 골몰하고 있다.

더없이 착하고 순진한 남자라서 부옥령의 입가에 저절로 미소가 머금어졌다.

* * *

"령아."

생각을 끝낸 듯 진천룡이 눈을 빛내면서 진지한 표정으로 그녀를 불렀다.

"말씀하세요."

"북두은한진법을 펼쳐놓는 것이 어떨까?"

"……!"

부옥령은 적잖이 놀라는 표정을 지었다. 진천룡이 설마 그걸 생각해 낼 줄은 예상하지 못했다.

부옥령은 눈을 초롱초롱 빛내면서 물었다.

"북두은한진법을 어떻게 전개하죠?"

몇 달 선에 저승에 갔다가 돌아온 은조가 최초로 진천룡과 측근들의 죽음을 예시했을 때 설옥군이 한 가지 방법을 내놓았었는데 그게 바로 북두은한진법이었다.

그 당시에 절대검황 동방장천과 금혈마황 등이 숨어 있는 횡항둔소를 급습하기 위하여 설옥군의 진두지휘로 북두은한진법을 전개했었다.

진천룡의 표정이 진지하다 못해서 엄숙해졌다. 그는 자신의 생각이 옳다고 믿었다.

"우리 주변에 북두은한진법을 상시 펼쳐놓아서 적들을 막는 거야."

부옥령은 씁쓸한 표정을 지었다.

"하지만 저는 북두은한진법을 몰라요."

진천룡은 생각하는 얼굴로 말했다.

"내가 알아."

"당신이 안다고요? 어떻게 알고 있죠?"

"옥군이 가르쳐 줬어."

"언제요?"

부옥령은 자신이 없는 곳에서 설옥군이 몰래 진천룡에게 가르쳐 주었을 것이라고 짐작했다.

그런데 외려 진천룡이 의아한 표정을 지었다.

"그때 남창 횡항둔소를 공격하기 전에 옥군이 모두에게 북두은한진법에 대해서 자세히 설명해 주었잖아."

"……!"

부옥령은 한 대 얻어맞은 것 같은 표정을 지었다.

설옥군이 북두은한진법에 대해서 설명할 때에는 부옥령뿐만 아니라 측근들 모두 같이 있었다.

그러니까 설옥군은 진천룡 혼자에게만 따로 북두은한진법을 가르쳐 준 것이 아니라 모두에게 딱 한 번 자세히 설명해 준 것이 전부였다.

진천룡의 말인즉, 그렇게 한 번 딱 듣고 나는 다 알았는데 어째서 너는 모르느냐는 것이다.

"령아, 넌 그때 듣지 못했어?"

"들었죠……."

부옥령은 자신 없게 대답했다. 그녀는 이다음에 어떤 상황이 전개될는지 짐작하고 반신반의했다.

"설마… 소저께서 그때 한 번 설명해 주신 것을 다 외우고 계시는 건가요?"

"어… 그래."

부옥령을 쳐다보는 진천룡의 얼굴에 천진난만함이 가득 떠올라 있다.

"그때 소저께서 북두은한진법에 대해서 자세히 설명해 주셨던 건가요?"

진천룡은 고개를 끄떡였다.

"나는 그렇다고 생각해."

사실 부옥령은 북두은한진법에 대해서는 채 일 할도 알지 못하는 형편이이다.

하지만 진천룡의 설명을 들어보니까 마치 설옥군이 설명하는 것처럼 일목요연하고 유창했다.

어떤 부분은 진천룡의 설명을 듣다 보니 그 당시에 설옥군이 설명했던 내용이 새록새록 기억이 나기까지 했다.

"와아……."

부옥령이 감탄하는 표정으로 자신을 쳐다보자 진천룡은 뜨악한 표정을 지었다.

"와아 뭐?"

부옥령은 일어나서 두 손으로 진천룡의 머리를 잡고 이마에 뽀뽀를 했다.

쪽! 쪽! 쪽!

"주인님 머리가 이처럼 명석하다는 사실을 새삼스럽게 절감했어요. 너무나 사랑스러워요……!"

그때 문을 열고 들어오던 청랑이 그 광경을 보고 빙그레 미소를 지었다.

사실 청랑과 은조는 부옥령과 제일 친하다. 설옥군은 과묵한 데다 넘볼 수 없는 기품을 지니고 있어서 존경할지언정 가까운 사이가 되기는 어려웠었다.

그리고 진천룡은 주인님으로 그리고 남자로서 사랑하고 존경하지만 무람없는 사이는 아니다.

그저 욕심부리지 않고 먼발치에서 바라보는 것만으로도 행복에 겹다.

그에 비해서 부옥령은 간혹 청랑과 은조가 잘못을 했을 때에는 엄격하지만 대부분 큰언니처럼 자상하게 배려하면서 무슨 일이든지 우선적으로 그녀들을 챙겨주었다.

부옥령은 진천룡의 머리를 가슴에 끌어안고 청랑을 보며 환하게 웃었다.

"랑아, 주인님 정말 사랑스럽지 않으냐?"

부옥령이 청랑과 은조에게 잘하는 것 중에서 또 하나는 사랑을 나누어준다는 사실이다.

보통 상식적으로는 여종이 주인님을 사랑하는 것을 죄악시 여기는데 부옥령은 청랑과 은조가 진천룡을 사랑할 수 있는 기회와 틈바구니를 만들어주는 점이 달랐다.

물론 큼직한 것을 덥석 안겨주지는 않는다. 그것은 부옥령 자신의 몫이기 때문이다.

그런 여러 이유 때문에 청랑과 은조가 그녀를 진심으로 좋아하고 따르는 것이다.

부옥령은 자리에 앉아 진천룡을 바라보며 잔뜩 기대하는 표정으로 물었다.

"그래서 북두은한진법을 어떻게 활용할 건가요?"

진천룡은 진지한 표정을 지었다.

"북두은한진법을 급습에 대비해서 우리 상황에 맞게 조금 변형할 거야."

부옥령은 의아해서 물었다.

"변형이라고요?"

진천룡이 북두은한진법을 외우고 있는 것으로도 모자라서 이제는 그걸 변형해 보겠다니까 부옥령은 감탄을 넘어서 그가 경이롭기까지 했다.

이제 와서 돌이켜 생각해 보니까 진천룡이 그토록 짧은 시일에 지금처럼 초극고수가 된 데에는 다 그만한 이유가 있었던 것이다.

그는 무공을 익히는 데 더할 수 없이 천부적인 자질을 타고 난 것이다.

말하자면 그는 무골(武骨)이다. 하지만 지켜본 바에 의하면 최상인 천골(天骨)까지는 아닌 것 같다.

부옥령이 이제까지 본 천골은 천하에 딱 한 사람, 설옥군뿐이었다.

"해볼게. 조금만 시간을 주면 할 수 있을 거야."

부옥령으로서는 할 말이 없다. 그저 말문이 막힐 뿐이다.

진천룡은 밤을 꼬박 지새우고 다음 날 아침 동이 틀 때쯤에야 북두은한진법의 변형을 끝냈다.

부옥령은 옆에서 그가 이것저것 말하는 내용들을 정리하여 여러 장의 종이에 글로 옮겨 적었다.

탁!

부옥령은 기록을 시작한 지 네 시진 만에 가느다란 세필을 내려놓으며 쓰기를 마쳤다.

"다 됐어요. 당신이 한번 보세요."

그녀는 요즘 들어서 '주군'이나 '주인님'보다는 '당신'이라는 호칭을 자주 쓰고 있다.

진천룡은 손을 저었다.

"안 봐도 된다."

부옥령이 무슨 말을 하려는데 그는 일어나서 문으로 걸어가며 고개를 이리저리 흔들었다.

"밤새 머리 쓰고 떠들었더니 배가 많이 고프다. 어서 밥 먹으러 가자."

"확인하지 않아도 괜찮겠어요?"

"내 머릿속에 다 들어 있는데 확인은 무슨?"

부옥령은 진천룡을 따라가면서 종알거렸다.

"뭐예요? 당신 머릿속에 다 들어 있는데 저는 뭐 하러 이걸 쓴 거죠?"

진천룡은 솥뚜껑 같은 손으로 부옥령의 엉덩이를 먼지가 나도록 때렸다.

"너 스스로 좋아서 쓴 걸 난들 어쩌냐?"

철썩!

"왓!"

진천룡은 문을 열고 나가면서 청랑에게 지시했다.

"현수란과 옥소, 훈용강을 즉시 불러와라."

용림재 이 층에서는 진천룡을 비롯한 열 명이 식탁에 둘러앉아서 아침 식사를 하고 있었다.

진천룡과 부옥령, 청랑, 은조. 취봉삼비 세 명, 현수란, 옥소, 훈용강 열 명이다.

진천룡은 식사를 하면서 중인들에게 설명했다.

"지금 이 시간부터 나를 비롯한 너희들 열 명은 용림재 이 층 이곳에서 당분간 나와 함께 숙식을 하며 지낸다. 물론 북두은한진법을 펼친 상태여야 한다."

부옥령과 청랑, 은조를 제외한 중인들은 아침 식사 자리에 불려 올 때부터 심상치 않음을 감지하고 있던 터라서 더욱 바짝 긴장했다.

진천룡은 부옥령에게 고개를 가볍게 끄떡였다.

"시작해."

전혀 예상하지 않았던 말에 부옥령은 깜짝 놀라서 그를 쳐다보았다.

그녀의 얼굴은 '지금 저더러 설명하라는 건가요?'라고 말하고 있었다.

부옥령은 입술과 턱, 그리고 눈 등 온 얼굴을 써가면서 '무슨 말이에요? 저는 못 하니까 당신이 하세요.'라고 부지런히 무언의 대화를 보냈다.

진천룡은 몇 장의 종이를 은조에게 주었다.

"조야, 이걸 읽어라."

부옥령이 얼른 보니까 밤새 진천룡이 말하는 것을 자신이 정리한 글이었다.

그녀가 저 종이에다가 진천룡이 밤새 궁리하면서 말한 것들을 차곡차곡 정리했었으니까 그저 술술 읽기만 하면 되는 것이다.

탁!

"이리 줘."

부옥령은 은조의 손에서 종이를 낚아챘다.

그러면서 옆에 앉은 진천룡의 허벅지를 탁자 아래에서 살짝 꼬집는 것을 잊지 않았다.

북두은한진법은 원래 열여덟 명이 전개해야 완전체가 되지만 진천룡은 그것을 열 명으로 축소했다. 그럴 수밖에 없는 상황이기 때문이다.

지난번 남창 횡항둔소를 공격할 때에도 열 명으로 북두은한진법을 전개했었기에 열여덟 명이 펼치는 것보다 열 명으로 펼치는 게 더 익숙하다.

부옥령은 자신과 진천룡을 비롯한 열 명이 지켜야 할 방위를 한 명씩 자세히 일러주었다.

"서로의 간격이 멀어질수록 영향력이 감소되고 가까울수록 증가한다는 점을 명심해."

훈용강이 긴장한 표정으로 물었다.

"영향력이 사라지는 거리는 얼마입니까?"

"오 장이야. 한 사람이 오 장 밖에 있으면 다른 아홉 명이 그에게 어떤 도움도 줄 수가 없어."

모두의 얼굴에는 극도의 긴장감이 떠올랐다.

화운빙이 부옥령을 보며 물었다.

"어째서 이런 것을 해야 하는 거죠?"

당연한 질문이다. 모두들 그게 궁금했는데 강단 있는 성격의 화운빙이 먼저 물었다.

부옥령은 은조를 가리키며 말했다.

"다들 은조에게 예지력이 있다는 거 알고 있지?"

중인들이 고개를 끄떡이는 모습을 보면서 부옥령은 어젯밤 진천룡이 은조의 신령안을 통해서 본 내용을 자세하게 설명해 주었다.

설명을 끝낸 후에 부옥령은 진천룡의 허벅지에 얹은 손에 약간 힘을 주어 그의 다음 말을 종용했다.

진천룡은 좌중을 둘러보고 나서 말했다.

"오늘 밤 자정을 기해서 북두은한진법을 발동하겠다."

부옥령이 말을 이었다.

"다들 그리 알고 준비해라."

"저 알죠?"

부옥령이 용림재에서 나오는데 문가에 서 있던 화운빙이 그녀에게 대뜸 말을 던졌다.

부옥령은 팔짱을 끼고 고개를 끄떡였다.

"알지."

화운빙은 집요한 표정을 지었다.

"그런 거 말고 아미파에서 저를 본 적 있지 않나요?"

"그래."

그러고 보니까 부옥령과 화운빙 두 사람 다 아미파 출신이다. 아니, 취봉삼비 모두 아미파 출신이니까 네 사람은 사문이 같은 것이다.

부옥령이 용림재 앞을 흐르고 있는 운하의 다리를 건너려고 하니까 화운빙이 따라오며 따지듯이 말했다.

"그런데 어째서 우릴 모른 체했죠?"

부옥령은 찬바람이 불도록 차갑게 대꾸했다.

"너희는 나를 알은척했느냐?"

"……."

"그리고 알은척해서 뭐 하는데?"

"……."

화운빙은 할 말을 잃었다. 그녀와 한하려, 소가연은 부옥령이 아미파 장문인의 수제자였다는 사실을 알고서도 먼저 알은척을 하지 않았었다.

그리고 알은척을 해서 뭐 하느냐는 부옥령의 물음에 뭐라고 대답해야 할지 떠오르지 않았다.

같은 아미파 출신들끼리 뭉쳐서 친목이라도 도모하자는 것인지, 뭘 어쩌자는 것인지 사실 화운빙들은 한 번도 생각해 본 적이 없었다.

"쓸모없는 것들."

부옥령은 냉랭하게 내뱉고 휭하니 걸어갔다.

'쓸모없는 것들……?'

화운빙의 이마에 핏대가 빡 곤두섰다.

"야! 거기 서!"

그녀는 날카롭게 외치는 것과 동시에 걸어가는 부옥령 등을 향해 쏘아가며 전력으로 일장을 뿜어냈다.

고오옷!

무려 사백칠십 년 공력으로 반로환동의 경지에 오른 화운빙의 전력 일장이 부옥령의 등을 향해 빛처럼 뿜어졌다.

그녀의 일장은 그냥 장풍이나 강기가 아니다. 강기보다 한 단계 높은 것을 신력(神力), 그보다 한 단계 높은 것을 절강(絶罡)이라고 하는데 지금의 것은 신력이다.

第百六十四章

병가지상사(兵家之常事)

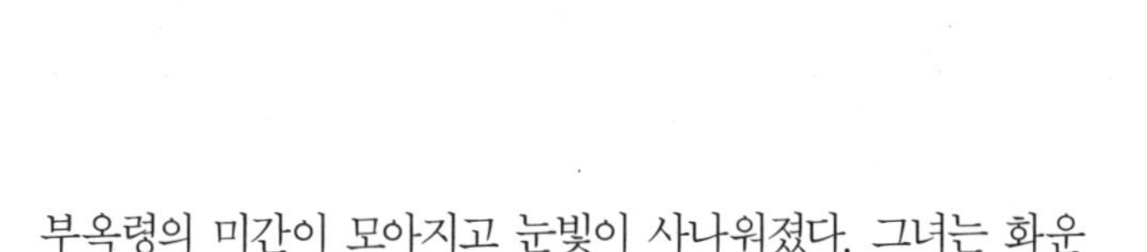

부옥령의 미간이 모아지고 눈빛이 사나워졌다. 그녀는 화운빙에게 짙은 살의를 느꼈다.

부옥령은 화운빙이 자신보다 하수라고 생각했다. 두 사람은 반로환동에 사백칠십 년 공력으로 비슷한 수준이지만, 싸움 경험이나 무궁무진한 초식과 수법 등을 두루 지닌 부옥령이 압도적으로 우위에 있기 때문이다.

'너 오늘 죽어봐라.'

부옥령은 수직으로 빛보다 빠르게 쏘아 오르면서 속으로 싸늘하게 중얼거렸다.

바로 그때 쩌렁한 외침이 터졌다.

"멈춰라!"

외침에 웅혼한 공력이 실려 있어서 화운빙은 화들짝 놀라 즉시 손을 멈추었다.

부옥령도 허공으로 떠올랐다가 돌아보았다.

용림재에서 진천룡과 훈용강, 현수란이 나오고 있는 모습이 보였다.

방금 외친 사람은 훈용강이었다. 진천룡은 담담한 표정인데 훈용강과 현수란이 매우 화가 난 표정인 것을 보면 미루어 짐작할 수 있다.

훈용강이 다가오면서 화운빙을 준엄하게 꾸짖었다.

"감히 좌호법님께 이 무슨 행패인가?"

"나… 나는……."

화운빙은 전전긍긍하면서 어쩔 줄 모르다가 가까이 다가온 진천룡을 도움을 바라듯이 바라보았다.

"주인님……."

부옥령은 진천룡 옆에 소리 없이 내려섰다.

진천룡은 화운빙에게 조용히 물었다.

"왜 그랬느냐?"

화운빙은 적잖이 당황했다.

"천첩은… 저 여자가……."

"저 여자가 누구냐?"

진천룡의 말에 화운빙은 더욱 당황하여 정신없이 대답했다.

"좌… 좌호법님이 천첩을 모욕해서……."

"좌호법이 너에게 어떻게 했느냐?"

"쓸모없는 것들이라고 했어요……."

진천룡은 담담한 표정으로 말했다.

"그 말을 했다고 좌호법을 죽이려고 했느냐?"

"저… 저는……."

"너는 전력 일장으로 좌호법을 등 뒤에서 공격했다. 거기에 적중되면 죽을 수도 있다."

"……."

화운빙은 아무 말도 하지 못하고 비지땀을 흘렸다. 진천룡의 말은 하나도 틀리지 않았다.

조금 전 그 순간에 화운빙은 부옥령에게 지독한 살의를 품고 있었다.

그래서 전력 일장으로 신력을 발출했는데 부옥령이 피하지 못하고 적중된다면 십중팔구 죽고 말 것이었다.

진천룡은 화운빙을 응시하며 조용히 말했다.

"너는 좌호법을 죽이려고 했느냐?"

"……."

"솔직하게 말해라."

'솔직하게'라는 말이 화운빙의 가슴에 비수처럼 꽂혔다.

화운빙은 원래 거짓말을 하지 못하는 성격이다. 말을 하지 않고 말지 거짓말은 목에 칼이 들어와도 하지 않는다.

그녀는 고개를 푹 숙인 채 기어드는 목소리로 대답했다.
"좌… 호법님을… 죽이고 싶었어요……."
"크게 똑똑히 말해라."
화운빙은 화들짝 놀라서 고개를 들고 다시 말했다.
"좌호법님을 죽이고 싶었어요."
그렇게 말하는 그녀의 두 눈에 눈물이 가득 고였다. 분노나 억울함이 아니라 비참함의 눈물이다.
진천룡은 착 가라앉은 목소리로 말했다.
"쓸모없는 것."
"아……!"
화운빙은 움찔 놀라서 진천룡을 바라보았다.
진천룡은 안쓰러운 표정으로 말했다.
"내가 너를 쓸모없는 것이라고 말했으니까 나도 죽이고 싶은 것이냐?"
그렇지만 화운빙은 진천룡을 죽이고 싶은 마음은 일 푼도 들지 않았다.
털썩!
화운빙은 그 자리에 무너지듯이 무릎을 꿇더니 이마를 땅에 묻고 흐느꼈다.
"으흐흑……! 용서하세요, 주인님……!"
진천룡은 부복한 화운빙 머리에 대고 착 가라앉은 목소리로 준엄히 말했다.

"내게 있어서 좌호법은 분신이다. 내 목숨과도 바꾸지 않을 사람이다."

옆에 서 있는 부옥령은 그 말을 듣고 온몸에 파도처럼 전율이 일면서 눈물이 울컥 치솟았다.

진천룡은 옆에 있는 훈용강과 현수란을 가리켰다.

"훈용강과 현수란도 나의 수족 같은 사람이다. 이들을 잃는다면 나는 너무도 충격을 받아 절망하여 어쩌면 자살을 할지도 모른다."

훈용강과 현수란은 심장을 손으로 꽉 쥔 것처럼 뭉클하여 크게 감격했다.

진천룡의 꾸짖음이 계속됐다.

"그러나 너는 아직까지는 나에게 아무것도 아닌 존재다. 아무것도 아닌 것이 내게 목숨 같은 존재를 죽이려 했다는 것은 결코 용서할 수 없는 일이다."

그때 용림재 입구로 취봉삼비의 한하려와 소가연이 나오고 있다가 이 광경을 목격했다.

진천룡은 조금 차가운 목소리로 말했다.

"너 같은 사람은 필요없다. 당장 이곳을 떠나라."

그 말을 끝으로 진천룡은 걸음을 옮겼다.

화운빙은 땅바닥에 이마를 박은 채 흐느껴 울면서 어쩔 줄을 몰랐다.

진천룡의 말은 하나도 틀리지 않았다. 부옥령은 진천룡과 간담상조하며 목숨 같은 존재인데, 진천룡의 여종이 된 지 얼마 되지도 않는 화운빙이 그런 부옥령을 죽이겠다고 날뛰었으니 즉시 처형을 해도 말 못 하는 죄를 범했다.

화운빙이 고개를 들어보니 진천룡은 저만치 다리를 건너가고 있는 중이다.

화운빙은 고개를 들고 비 오듯이 눈물을 쏟으면서 애절하게 울부짖었다.

"주인님! 제발 용서해 주세요!"

그렇지만 진천룡은 뒤돌아보지 않고 다리를 건너갔다.

한하려와 소가연이 화운빙 양쪽에 무릎을 꿇고 같이 용서를 빌었다.

"주인님! 이번 한 번만 용서해 주세요!"

"주인님! 다시는 이런 일이 없을 거예요!"

그러나 진천룡은 가타부타 말없이 거리 쪽으로 걸어가서 잠시 후에 시야에서 사라졌다.

훈용강과 현수란이 자신들 갈 길로 가고 나서 진천룡과 부옥령은 나란히 걸어가고 있다.

부옥령은 사랑이 듬뿍 담긴 표정으로 진천룡을 바라보면서 물었다.

"어디 가시는 거예요?"

"너 따라간다."

"천첩이 어딜 가는데요?"

"그거야 모르지."

"치이… 엉터리예요."

부옥령은 두 팔로 진천룡의 팔을 잡고 가슴에 안으며 볼을 부풀렸다.

"천첩의 수하들 거처에 가는 거예요."

부옥령은 저절로 코 먹은 소리가 나왔다. 그녀는 평생 누구에게 코 먹은 소리를 해본 적이 없으며 애교나 교태를 부려본 적이 없었다.

하지만 진천룡 앞에서는 그런 것들이 그냥 술술 쏟아져 나왔다.

더 중요한 것은 자신이 그러는 것을 부옥령은 전혀 못 느끼고 있다는 사실이다.

병도 중병에 걸린 게 분명하다.

"정말 천첩이 주인님 목숨보다 더 소중해요?"

부옥령은 조금 전보다 열 배는 더 심한 코 먹은 소리로 물어보았다.

그런데 진천룡은 그녀가 코 먹은 소리를 하는 걸 전혀 모르고 있었다.

그냥 그녀가 평소 하는 목소리로 들렸다. 그런 걸 보면 그도 중병에 걸린 모양이다.

부옥령은 걸어가면서 그의 어깨에 뺨을 비볐다.

"당신은 천첩이 천하에서 가장 소중한가요?"

"그건 아냐."

진천룡이 단칼에 자르자 부옥령은 깜짝 놀라 그의 어깨에서 얼굴을 떼었다.

"그럼 누가 가장 소중하죠?"

"옥군이지."

진천룡은 숨도 쉬지 않고 즉시 대답했다.

'아차…….'

부옥령은 진천룡의 대답을 듣고서야 속으로 자신의 실수를 알아차렸다.

아니나 다를까 진천룡은 걸으면서 먼 하늘을 망연히 바라보기 시작했다.

물으나 마나 설옥군을 그리워하는 것이다. 부옥령이 방금 전에 그의 슬픔의 뇌관을 건드렸기 때문이다.

진천룡은 그나마 잠시동안 설옥군을 잊고 있었는데 천방지축 부옥령이 그를 또다시 슬픔의 늪으로 밀어 넣어버렸다.

이럴 때는 백약이 무효다. 그가 제 스스로 헤어 나올 때까지 기다리는 수밖에 없다.

진천룡과 부옥령이 용림재에 돌아올 때까지 화운빙은 처음 그 자리에 무릎을 꿇고 있었다.

그런데 화운빙 혼자가 아니라 한하려와 소가연이 그녀의 양쪽에 같이 무릎을 꿇고 있는 것이 아닌가.

아까 진천룡은 화운빙에게 영웅문을 떠나라고 축객령을 내렸었다.

그것은 화운빙에게는 죽음보다 더한 형벌이다. 그녀를 비롯한 취봉삼비가 진천룡을 주인으로 받들어 모신 기간은 비록 짧을지언정 충성심만은 다른 측근들보다 못하지 않다고 자신하고 있다.

화운빙과 한하려, 소가연은 진천룡에게 하해 같은 은혜를 입고 그의 여종이 된 순간부터 자신들의 목숨을 그를 위해서 바치겠다고 맹세했었다.

그러므로 화운빙은 죽으나 사나 진천룡 곁에 머물러 있어야만 하는 것이다.

하지만 진천룡은 취봉삼비를 본체만체 지나쳤다.

그때 진천룡과 나란히 걸어가던 부옥령이 몸을 돌려 취봉삼비를 보며 차갑게 꾸짖었다.

"화운빙, 너 또 그런 짓을 하겠느냐?"

취봉삼비는 화들짝 놀랐고, 화운빙은 땅속으로 파고들 것처럼 몸을 조아리며 흐느꼈다.

"으흐흑! 소인이 또 그런 천벌 받을 짓을 한다면 제 손으로 목을 부러뜨려 죽겠습니다……!"

진천룡은 뚝 걸음을 멈추고 뒤돌아보았다.

취봉삼비는 몸을 떨면서 목 놓아 울며 잘못을 빌고 있는데 마치 암탉들이 꼬꼬댁거리는 소리 같았다.

부옥령은 진천룡을 돌아보면서 '자! 이제 당신이 저 여자들을 용서해 주세요!'라는 표정을 지었다.

진천룡은 오늘 밤 자정을 기해서 측근 아홉 명과 함께 북두은한진법을 전개하기로 계획했었다.

그런데 취봉삼비 세 명이 빠지면 다시 세 명을 선발하여 북두은한진법에 대해서 교육을 해야만 한다.

하지만 진천룡은 그것 때문에 취봉삼비를 용서하고 싶은 마음은 추호도 없다.

북두은한진법이야 하루 정도 늦춰도 상관이 없다. 하지만 곁에 두고 생사를 함께 나누어야 할 측근의 방종은 그냥 두고 볼 수가 없는 일이다.

진천룡은 부옥령의 속내를 짐작했다. 한 번 실수는 병가지상사(兵家之常事) 즉, 전쟁터에서의 실수는 수시로 그리고 다반사로 일어날 수 있는 일이므로 화운빙이 그런 실수를 했다고 해서 즉시 내친다면 측근에 남아 있을 수하가 없을 것이라고 에둘러 말하는 것이다.

진천룡은 일의 발단이 부옥령과 화운빙에게서 일어났으므로 결말도 그녀들이 짓기를 원했다.

"빙아의 일은 좌호법에게 일임하겠다."

그의 말인즉 화운빙을 용서하겠다는 뜻이나 다름이 없으므로 취봉삼비는 크게 울음을 터뜨리면서 보다시 이마를 땅에

쿵쿵! 찧었다.

진천룡은 용림재로 향하고 부옥령은 두 손을 허리에 얹고 취봉삼비에게 엄히 말했다.

"쇠는 두드릴수록 강해진다는 격언을 잊어서는 안 될 것이다. 알아들었느냐?"

지옥 문턱까지 떨어졌다가 기사회생한 취봉삼비는 부옥령이 염라대왕으로 보였다.

"명심하겠습니다!"

그때 진천룡이 용림재로 들어가면서 지나가는 말처럼 중얼거렸다.

"령아, 술 한잔하자꾸나."

부옥령은 취봉삼비에게 발을 쿵! 굴렀다.

"뭘 하느냐? 당장 궁둥이에서 비파 소리가 나게 뛰어가서 술상을 차리지 않고서!"

"네? 네엣!"

"아앗! 알겠습니다!"

취봉삼비는 벌떡 일어나서 미친 듯이 용림재로 달려갔다.

하지만 궁둥이에서 비파 소리는 나지 않았다.

늦은 밤에 강비가 용림재에 달려왔다.

개방 항주분타 소속이었던 강비는 작년부터 영웅문 내문오당의 풍영당(風影堂)을 맡고 있다.

"주군, 드릴 말씀이 있습니다."

강비는 감히 주석에 들어오지 못하고 열린 문밖에 무릎을 꿇고 머리를 바닥에 조아리며 말했다.

"어… 들어와라, 비야."

"아… 아닙니다."

진천룡이 친구처럼 대하자 강비는 놀라움과 감격이 범벅된 마음으로 펄쩍 뛰며 고개를 저었다.

"주군께 직접 드릴 보고입니다."

그러자 부옥령이 강비를 부축하고 일으켰다.

"일어나세요."

"어… 그래."

* * *

진천룡은 문가에 엉거주춤 서 있는 강비를 손짓으로 불렀다.

"비야, 가까이 와라."

"주군……."

"인마, 너하고 내가 어떤 사이냐?"

"어이쿠… 주군……."

진천룡과 강비는 처음부터 너니 내니 하는 친구 사이는 아니었지만 그래도 친구 버금가는 가까운 사이였있다.

진천룡은 강비의 손을 잡아서 의자에 앉히고는 부옥령에게 말했다.

"령아, 인사해라. 초창기 때부터 나를 도와준 강비야."

강비는 예전의 부옥령을 본 적이 있지만 반로환동으로 십칠 세 소녀가 된 그녀를 본 것은 처음이라서 두 여자가 같은 인물이라는 사실을 짐작조차 하지 못했다.

부옥령은 진천룡이 취중에 강비에게 장난을 하려는 것을 눈치채고 맞장구를 쳐주었다.

그녀는 우아한 동작으로 포권을 취했다.

"처음 뵈어요. 옥령이에요."

강비는 천하절색의 십칠팔 세 어린 소녀가 자신에게 인사를 하자 정신이 달아나 버렸다.

그는 화들짝 놀라 벌떡 일어나서 코가 바닥에 닿을 정도로 허리를 굽혔다.

"아아… 저는… 가… 강비입니다……!"

강비는 얼굴이 시뻘게져서 당황하면서도 실내를 두리번거리면서 누군가를 찾는 듯했다.

진천룡과 부옥령은 그가 설옥군을 찾는 것이라는 생각에 문득 가슴이 답답해졌다.

강비는 예전부터 설옥군을 어려워했지만 그래도 진천룡 다음으로 친한 사람이 그녀였다.

부옥령은 분위기를 바꾸기 위해서 강비에게 물었다.

"주군께 보고할 내용이 뭐죠?"

예전에 부옥령은 강비에게 반말을 했었는데 지금은 그가 자신을 알아보지 못하자 장난삼아 존대를 했다.

강비는 깜짝 놀라 잠시 잊고 있었던 보고를 했다.

"아……! 천면수라가 항주에 나타났습니다……!"

"천면수라가요……?"

"천면수라?"

부옥령과 진천룡은 똑같이 천면수라라고 말했으나 각자 받아들이는 바가 다르다.

부옥령은 무림백대살수 중 한 명인 천면수라라는 별호를 들어봤기에 말한 것이고, 진천룡은 청랑이 기억을 잃기 전의 별호가 천면수라여서 너무도 잘 알고 있다.

부옥령은 조금 의아한 표정을 지었다.

"천면수라가 항주에 온 일이 주군께 보고해야 할 만큼 대단한 일인가요?"

"그럼 아닙니까?"

강비는 부옥령보다 더 의아한 표정을 지으면서 그녀와 진천룡을 번갈아 쳐다보았다.

총명한 부옥령은 자신이 모르는 사실이 있을 것이라는 생각에 진천룡을 바라보았다.

진천룡은 부옥령에게 짧게 말해주었다.

"랑아가 천면수라다."

"아……."

부옥령은 뒤통수를 한 대 얻어맞는 충격을 받았다. 놀랐던 그녀는 곧 의아한 표정을 지었다.

"그럼 랑아가 항주에 나타났다는 건가요?"

청랑이 천면수라인데 그 천면수라가 항주에 나타났다고 강비가 보고했기 때문이다.

"속하의 소견은 이렇습니다."

"음, 말해봐라."

강비가 급히 자신의 의견을 피력했다.

"누군가 청랑을 찾아내기 위해서 그녀의 별호인 천면수라 행세를 하고 있는 것입니다."

진천룡은 고개를 끄떡였다.

"그럴듯하군."

"둘째."

그는 말할수록 진지해졌다.

"진짜 천면수라가 출현한 것일 수도 있습니다."

"그럼 랑아가 가짜 천면수라인 것이냐?"

"항주에 출현한 천면수라가 청랑의 사부라면 충분히 가능한 일입니다."

"오… 그렇구나."

"어쨌든 우리 풍영당에서 천면수라를 면밀히 감시를 하고 있습니다만, 주군께서 달리 하명하실 일이 없으신지요."

진천룡은 잠시 동안 침묵하면서 골똘히 생각에 잠겼다. 기실 그는 청랑의 기억을 되찾아주는 것에 대해서 생각하고 있는 것이다.

벌써 일 년여 전의 일이었다. 무림백대살수 중 한 명인 청랑은 진천룡을 죽이러 왔다가 오히려 붙잡혀서 말로는 설명하기 어려운 고초를 겪었었다.

그 당시에 진천룡은 설옥군에게 인체의 혈도에 대해서 배우고 있는 중이었다.

그래서 그는 한 가지 기발한 방법을 생각해 냈는데, 제압한 청랑을 기둥에 묶어놓고서 그녀를 대상으로 혈도 훈련을 하는 것이었다.

그 당시에 진천룡은 마혈과 아혈을 제압한 청랑의 온몸 사혈 스물네 군데를 한꺼번에 찍으면 어떤 현상이 벌어질 것인지에 대해서 시험해 보았었다.

지금 생각해 보면, 그리고 어느 누구라도 그 상황을 보면 미친짓이라고 소리치면서 당장 뜯어말렸을 것이다.

그렇지만 혈도라는 신비한 세계에 흠씬 빠져 있던 그는 사람의 사혈 스물네 곳을 한꺼번에 누르면 어떤 현상이 벌어질 것인지가 정말 궁금했었다.

그렇게 청랑은 진천룡의 시험 대상이 되었다가 비참하게 기억을 잃어버렸던 것이었다.

그때 청랑은 기억을 잃기 전에 자신이 자유로운 몸이 된다면 진천룡을 천 갈래 만 갈래 찢어죽이겠다고 피를 토하듯이 울부짖었었다.

그런 일이 있었는데도 진천룡은 그동안 청랑에 대해서 너무 오래 잊고 있었다.

그녀에게도 자기 나름의 인생과 가족, 사연이 있을 텐데, 강제로 기억을 저당 잡힌 채 자신의 팔자에도 없는 진천룡의 종살이를 일 년 넘게 하고 있는 중이다.

진천룡은 일단 천면수라를 만나봐야겠다고 생각했다.

강비가 천면수라라고 지목한 인물은 오십 대의 키가 큰 장한이었다.

그는 항주 성내 어느 주루 이 층 창가 자리에 앉아서 혼자 술을 마시고 있었다.

이 층에는 십여 개의 탁자가 있었으며 늦은 시각이라서 두 자리에만 사람이 앉아 있었다.

저벅저벅…….

계단 올라오는 발소리가 어지럽게 들리더니 잠시 후에 일남이녀가 계단 위에 올라섰다.

그들은 실내를 천천히 둘러보다가 이윽고 장한에게 시선이 멈추더니 경장 차림의 이십 대 초반의 여자가 곧장 그에게 걸어갔다.

일남이녀 즉, 영웅문 영웅통위대 제일대 부대주 정무웅과 호위고수 당하(唐荷)는 장한에게 걸어가고 있는 상금(湘錦)의 뒷모습을 묵묵히 응시했다.

예전에 당하는 십엽루 팔엽이었으며 상금은 구엽이었다. 현재 그녀들은 영웅통위대 제이부대주와 제삼부대주라는 쟁쟁한 신분이다.

예전 십엽루 시절에 당하와 상금은 도토리 키 재기 같은 실력을 지니고 있었다.

하지만 현재는 오 갑자하고도 이십 년에 달하는 삼백이십 년이라는 엄청난 공력의 소유자가 되었다.

구파일방의 장로들 평균 공력 수위가 사 갑자 이백사십 년이라는 사실을 감안하면 당하와 상금의 공력이 어느 정도인지 짐작할 수 있을 터이다.

당하가 자신에게 걸어오고 있는데도 장한은 쳐다보지 않고 시선을 창밖에 준 채 술잔만 기울이고 있다.

장한은 청의단삼을 입고 어깨에 한 자루 고색창연한 장검을 메고 있으며 단아한 얼굴에 짧은 세 가닥 수염을 깔끔하게 기르고 있었다.

척!

당하는 장한의 맞은편에 멈추자마자 나직한 음성에 단도직입적으로 물었다.

"귀하가 천면수라인가요?"

당하가 가까이 다가가도 쳐다보지 않던 장한은 '천면수라'냐고 묻는 말에 흠칫하며 그녀를 쳐다보았다.

장한의 눈빛이 가볍게 흔들렸으나 곧 담담하게 당하를 응시하였다.

"그건 왜 묻소?"

당하는 건조한 음색으로 말했다.

"나는 한가하지도 않을뿐더러 귀하와 쓸데없는 일로 말을 섞기도 싫어요. 그러니까 서로 시간을 절약하는 의미에서 솔직했으면 좋겠어요."

장한은 고개를 끄떡였다.

"좋소. 그렇다면 그렇게 묻는 낭자는 누구요?"

"영웅문 영웅통위대 소속 제이부대주 당하라고 해요."

"……!"

당하가 추호도 거리낌 없이 자신의 신분을 밝히는 것도 그렇지만, 그녀의 신분이 굉장했기에 장한은 눈을 조금 크게 뜨고 놀라는 표정을 지었다.

작금에 들어서 영웅문에 대하여 모르는 사람은 천하를 통틀어 아무도 없을 것이다.

현재 영웅문 내 고수의 수는 무려 육천여 명에 이르는데 그것은 외부에 주둔하는 지부의 고수들 수를 제외한 순수한 영웅문 내에 거주하는 고수의 수만 꼽은 것이다.

영웅문 내에서 가장 막강하다고 소문난 조직은 뭐니 뭐니 해도 영웅통위대다.

영웅통위대는 호위대와 친위대를 합친 조직이며, 현재로선 호위대의 위력이 친위대를 압도하고 있다.

그런데 당하가 자신을 영웅통위대 소속 제이부대주라고 소개했으니 장한이 놀라지 않을 수 없는 것이다.

당하는 자신이 장한의 물음에 대답을 했으므로 그도 대답을 할 것이라고 기대했다.

장한은 가볍게 고개를 끄떡였다.

"영웅문 호위고수가 나를 찾아온 이유가 무엇이오?"

그 말은 자신이 천면수라라는 사실을 인정한다는 뜻이다.

당하는 사무적인 말투로 말했다.

"주군께서 귀하를 데려오라고 하셨어요."

장한 천면수라는 움찔하며 바짝 긴장했다.

"주군… 이라면 영웅문주 말이오?"

"그래요."

천면수라는 더욱 긴장하는 얼굴로 말했다.

"영웅문주가 어째서 나를 데려오라는 것이오?"

원래 당하는 과묵하고 차가운 성격인데 그녀의 인내심이 바닥을 드러내기 시작했다.

"주군께서 그걸 내게 말씀하셨을 거라고 생각하나요?"

"그건 내가 모르는 일이오."

당하는 미간을 슬쩍 좁혔다.

"주군께선 귀하를 정중하게 모셔 오라고는 말씀하시지 않으셨어요."

그 말인즉 중상을 입혀서라도 끌고 가면 된다는 뜻이다.

천면수라는 어? 하는 표정을 짓더니 계단 쪽에 서 있는 정무웅과 상금을 쳐다보았다.

정무웅과 상금은 마치 이 일과는 전혀 상관이 없는 사람들처럼 방관자의 모습을 하고 있었다.

그렇지만 천면수라는 감지했다. 자신이 이 자리를 빠져나가려면 많은 희생을 치러야 한다는 사실을 말이다.

또한 그는 영웅문주가 어째서 자신을 데려오라고 했는지 그게 궁금하기도 했다.

그는 손에 쥐고 있는 술잔의 술을 입속에 털어 넣고는 자리에서 일어섰다.

"갑시다."

그 시간에 진천룡은 영웅문 쌍영웅각 자신의 집무실에 나와 있었다.

자정이 다 되어가고 있었으므로 북두은한진법을 전개할 때 필요한 아홉 명이 진천룡 주위에 모여 있었다.

지금처럼 측근들이 모여 있을 때 진천룡이 반드시 하는 일이 있다.

바로 술을 마시는 일이다. 이런 상황에 술을 마시지 않는다면 진천룡은 뭔가 굉장히 큰 손해를 본 것 같아서 아무것도 손에 잡히지 않을 정도다.

그는 부옥령에게 천면수라를 데려오라고 말했지만 누가 천면수라를 데리러 갔는지 모르고 있으며, 그 일에 대해서는 잊고 있는 것 같았다.

술자리에서 갈증 난 사람처럼 연거푸 술잔을 비우고 있는 그를 보고 있으면 술 마시는 일에 죽기 살기로 목숨을 건 사람 같았다.

이 술자리에는 강비도 끼었다. 아까 보고하러 왔다가 진천룡에게 붙들려서 술자리에 끼게 되었다.

진천룡 측근들은 그와 오랫동안 술을 마시다 보니까 술버릇이 그와 거의 비슷해졌다.

진천룡의 술버릇이라는 것은 별게 아니다. 이 술 저 술 가리지 않고 지위 고하 따지지 말고 즐겁게 마시는 것이다.

사람들이 격의 없이 술을 마시고 있을 때 잠깐 사이에 연거푸 술을 들이부어 거나하게 취해 버린 강비가 노래를 부르기 시작했다.

"하늘에서는 날개를 짝지어서 창천을 날아가는 비익조가 되길 원했으며(上天願作比翼鳥)~!"

당나라의 시선(詩仙)인 백거이(白居易)의 장한가(長恨歌)라는 시의 어느 대목인데 몇 백 년 전부터 노래로 많이 불리고 있다.

강비가 이 노래를 아는 이유는 똑똑해서가 아니라 예전 영웅문 초창기에 진천룡과 측근들이 술만 취했다 하면 이 노래를 냅다 불러 젖혔기에 잘 알고 있는 것이다.

강비가 선창을 하자 장한가를 아는 사람들은 젓가락으로 탁자를 두드리며 소리 높여 합창을 했다.

"땅에선 두 뿌리 한 나무로 엉긴 연리지가 되기를 원했노라(在地願爲連理枝)~!"

진천룡은 양손의 젓가락으로 부러져라 탁자를 두드리며 악을 쓰며 노래를 불렀다.

"하늘 오래고 땅 영원한대도 다할 때 있을 것이로되(天長地久有時盡)~!"

그는 설옥군이 그리운 만큼 목이 터져라 노래를 불렀다.

정무웅과 당하, 상금이 천면수라를 데리고 실내로 들어올 때에는 중인들이 장한가의 마지막 구절을 전각이 무너질 정도로 고래고래 부르고 있었다.

"이 가슴의 한만은 끊이지 않고 다할 기약이 없으리라(此恨綿綿無節期)~!"

第百六十五章

천면수라

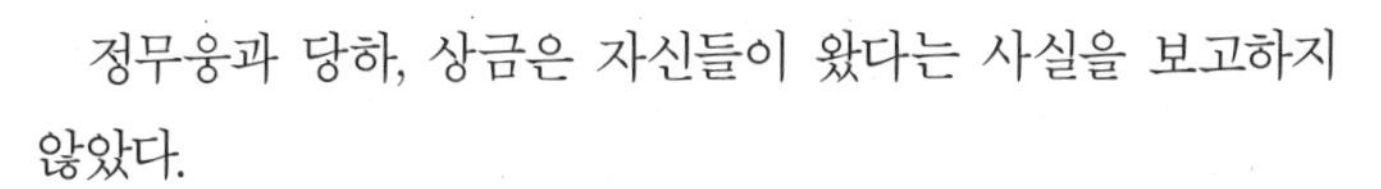

정무웅과 당하, 상금은 자신들이 왔다는 사실을 보고하지 않았다.

세 사람은 진천룡 등이 젓가락으로 탁자를 마구 두드리면서 고래고래 악을 쓰며 노래하는 광경을 빙그레 미소 지으며 바라보았다. 그러다가 어느덧 그들도 장한가를 따라서 부르기 시작했다.

천면수라는 난생처음 보는 장면에 얼빠진 표정이 되어 멀뚱하게 서 있었다.

영웅문주가 사람을 오라고 해놓고서 여러 사람들과 술 마시며 떠들썩하게 노래를 부르고 있다니, 이런 일이 벌어질 것이라고는 꿈에도 예상하지 못했다.

그런데 그때 좌중을 둘러보던 천면수라는 누군가의 얼굴에 시선이 딱 고정된 채 놀라움을 금치 못했다.

'랑아!'

그는 한 손에는 술잔을 쥐고 다른 손의 젓가락으로 탁자를 두드리며 고래고래 노래를 부르고 있는 청랑을 보면서 얼굴이 반가움과 놀라움으로 물들었다.

그런데 누군가 청랑의 어깨에 팔을 두르고 있어서 천면수라는 얼른 그를 쳐다보았다.

준수한 용모의 청년인데 그는 다른 쪽 팔로 다른 여자의 어깨를 감싼 채 노래를 부르고 있었다.

그는 진천룡이며 좌우에 앉은 청랑과 부옥령의 어깨에 팔을 두르고 노래를 부르는 것인데 천면수라로서는 그런 걸 알 까닭이 없다.

장한가는 그칠 기미가 보이지 않았다. 다들 노래를 부르면 부를수록 더욱 신바람이 나서 악을 쓰고 부르는 바람에 천장이 들썩거릴 지경이다.

그때 술이 가장 약한 강비가 일어나서 탁자 옆으로 나오더니 노래를 부르면서 덩실덩실 춤을 추기 시작했다.

그러자 훈용강과 현수란도 강비 옆으로 와서 흥겹게 춤을 추면서 노래를 불렀다.

평소 같으면 강비가 훈용강이나 현수란을 감히 쳐다볼 수도 없지만 술자리에서는 이러는 게 가능하고도 남는다.
진천룡은 좌우의 청랑과 부옥령을 일으키고는 그녀들의 엉덩이를 두드렸다.
"하하하! 너희들도 나가서 춰라!"
두 여자는 궁둥이를 흔들면서 나오더니 온몸으로 춤을 추기 시작했다.
천면수라는 청랑을 뚫어지게 주시하면서 불신의 표정을 짓고 있다.
그가 익히 알고 있는 청랑은 술을 마시지 못할뿐더러 춤은 커녕 노래 부르는 것도 병적으로 싫어했었다.
그래서 그녀가 청랑이 맞는지 눈을 비비고 다시 쳐다봤지만 틀림없는 청랑이다.
사실 천면수라는 청랑의 사형이다. 청랑이 오랜 세월 동안 행방불명되었기에 그녀의 흔적을 따라서 항주까지 오게 된 것이었다.
진짜 천면수라는 이 두 사람의 사부이며 지금 심산은곡에서 폐관을 하고 있는 중이다.
청랑이 어째서 영웅문에 그것도 문주의 거처에서 술을 마시고 있는지는 모르겠지만 그녀의 사형으로서는 당장 그녀에게 자신의 모습을 보이고 싶었다.
그래서 그는 몸을 조금 움직여서 청랑 앞으로 다가갔다. 그를 데리고 온 정무웅 등은 그가 어쩌든 신경 쓰지 않았다.

사형은 청랑 앞으로 다가가서 얼굴을 디밀었다.

그러나 청랑은 그를 피해 다른 방향을 향해 춤을 추며 노래를 불렀다.

사형은 재차 청랑 앞으로 가서 이번에는 더 바싹 얼굴을 들이밀었다.

그러자 청랑이 미간을 찌푸리며 낮게 외쳤다.

"당신 뭐야?"

"사매, 나야, 방곤(方昆). 모르겠어?"

"몰라. 저리 비켜!"

사형 방곤은 피하려는 청랑의 어깨를 양손으로 움켜잡고 얼굴을 가까이 가져갔다.

"랑아! 사형 방곤이야! 어째서 날 모른다는 거냐?"

"어딜 잡아?"

탁!

청랑은 손으로 방곤의 가슴을 슬쩍 밀었다.

"억!"

그 순간 방곤은 비명을 터뜨리며 뒤로 쏜살같이 붕 날아갔다.

그는 벽을 향해 날아가고 있는 자신을 발견하고 급히 멈추려고 했으나 마음처럼 되지 않았다.

더구나 방금 가슴에 일격을 당한 고통 때문에 정신마저 아득해지고 있었다.

흐려져 가는 정신 중에도 그는 자신이 지금 이런 속도로 날아가서 벽에 부딪치면 죽거나 중상을 입을 것이라는 생각이 들자 오금이 저렸다.

'내가 이런 곳에서 개죽음을……'

그 순간 쏘아가는 그의 몸이 멈칫했다.

"……!"

그러더니 느릿하게 하강하는 것이 아닌가.

깜짝 놀라서 주위를 둘러보자 청랑 옆에 서 있는 천하절색의 어린 소녀가 그에게 한 손을 뻗고 있었다.

방곤은 어린 소녀가 접인신공으로 자신이 벽을 향해 쏘아가는 것을 멈추고 또 바닥에 내려주고 있음을 간파하고 혼비백산 놀라고 말았다.

장한가 노래가 멈추었고, 방곤은 바닥에 소리 없이 살짝 엉덩이로 내려앉았다.

"으음……"

그는 가슴이 짓이겨져 통증을 느끼면서 벽을 짚고 비틀거리며 일어섰다.

그런데 조금 전까지만 해도 오십 대 장한의 모습이었던 그가 지금은 이십 대 중후반의 얼굴로 변해 있었다.

사실 그는 이체변용신공으로 얼굴 모습을 바꾸었는데 조금 전 청랑에게 일장을 적중당한 충격으로 공력이 흩어지면서 제 모습을 찾은 것이었다.

방곤은 실내의 사람들이 자신을 주시하는 것을 발견하고 어눌한 목소리로 말했다.

"어느 분이 영웅문주입니까? 무슨 이유로 불초를 데리고 온 겁니까?"

부옥령이 천천히 제자리로 걸어가면서 조용히 말했다.

"너는 우리가 일부러 데려오지 않아도 여기에 오려 하지 않았었느냐?"

방곤은 새파란 어린 소녀가 하대를 하는 것이 불쾌했으나 자리가 자리인지라 발작하지 못했다.

"그게 무슨 소리요? 내가 이곳에 올 이유가 없지 않소?"

부옥령은 청랑을 가리켰다.

"저 아이를 찾는 것이 네 목적이 아니더냐?"

"……!"

"너 조금 전에 저 아이더러 사매라고 부르지 않았느냐? 그리고 네 이름은 방곤이라고 말이다."

"……!"

정곡을 제대로 찔려 버린 방곤은 벙어리가 된 것처럼 말을 하지 못했다.

부옥령이 청랑을 불렀다.

"랑아, 너 저자를 아느냐?"

청랑은 두 손을 앞에 모으고 공손히 허리를 굽혔다.

"모릅니다."

방곤은 어이없는 표정을 지었다.

"사매……."

부옥령은 손을 저었다.

"모두 자리에 앉아라."

춤을 추던 사람들이 일사불란하게 자신의 자리로 돌아가서 앉자 부옥령은 입구에 나란히 서 있는 정무웅과 당하, 상금에게 말했다.

"애썼다. 너희도 와서 앉아라."

세 사람이 공손히 자리에 앉자 옥소가 친히 술을 한 잔씩 따라주었다.

영웅통위대 대주인 옥소는 평소에는 엄하지만 술자리에서는 확 풀어진다.

다들 둥글고 커다란 탁자에 둘러앉아서 술을 마시는데 방곤 혼자만 서 있었다.

부옥령이 강비에게 물었다.

"풍영당주, 방곤이란 이름을 들어봤나요?"

"넵! 들어봤습니다!"

강비는 벌떡 일어나며 외쳤다. 그는 부옥령이 좌호법이며 반로환동으로 어린 소녀가 됐다는 사실을 조금 전에야 알게 되었다.

"뭐 하는 자인가요?"

강비는 부옥령이 진천룡 한 사람을 제외한 어느 누구에게도 반말을 하면서 자신에게만 존대를 하는 것이 부담스러워서 죽을 지경이다.

사실 강비는 예전에 사십 대의 부옥령을 마녀라고 여기면서 엄청 무서워했었다.

강비는 부동자세로 방곤을 보며 자신의 지식을 최대한으로 쥐어짰다.

"저자는 주로 산동성과 하북성에서 활약하는데 신투(神偸)로 이름을 날리고 있습니다."

"호오… 도둑놈인가?"

"그렇습니다. 더구나 지독한 호색(好色)으로 산동성과 하북성의 미인이라는 미인은 죄다 건드렸습니다."

"나쁜 놈이로군?"

"그렇습니다. 좌호법께서 상상하시는 것보다 훨씬 더 죄질이 나쁜 놈입니다."

얘기가 이상하게 돌아가자 방곤의 잘생긴 얼굴에 당황함이 떠올랐다.

"이… 이것 보십시오. 불초가 산동과 하북에서 도둑질을 하고 호색을 한 것이 여러분과 무슨 상관이 있습니까? 불초는 여러분에게 아무것도 잘못한 게 없습니다."

부옥령은 고개를 끄떡였다.

"그건 네 말이 맞다."

부옥령은 좌중을 둘러보았다.

"고향이 산동성이나 하북성인 사람 없나?"

그러자 몇 명이 손을 드는 걸 보고 부옥령이 그들에게 고개를 끄떡여 보였다.

"그렇다면 너희들 중 한 사람이 산동성과 하북성을 대표해서 저자에게 벌을 내리면 되겠군."

"제가 하겠습니다."

훈용강이 일어나서 방곤에게 걸어갔다.

방곤은 가슴을 움켜잡고 뒷걸음질 쳤다.

"불… 초를 데려온 이유가 죽이려는 것입니까?"

부옥령은 정색으로 말했다.

"너 하나를 죽이면 수많은 사람들이 다리를 뻗고 살 수 있을 것이다."

훈용강은 방곤 두 걸음 앞에 이르러서 걸음을 멈추지 않고 그에게 손을 불쑥 내밀었다.

"어딜?"

차앙!

방곤은 번개같이 검을 뽑아서 찰나지간 이십여 초식을 와르르 쏟아냈다.

슈슈슈우욱!

청랑을 무림백대살수의 대열에 올려놓은 바로 그 극쾌검법이다.

훈용강이 제아무리 고강하다고 해도 두 걸음 앞에서 태연하게 손을 내밀었으므로 결코 방곤의 이십여 초식에서 벗어나지 못했을 것이다.

"……!"

그런데 방곤이 초식을 멈추었을 때 그의 앞에서 훈용강은 아무 일 없었다는 듯이 계속 손을 뻗어오고 있지 않은가.

콱!

"컥!"

결국 방곤의 목이 훈용강의 쇠갈퀴 같은 손에 거세게 움켜잡히고 말았다.

훈용강은 방곤의 목을 움켜잡은 상태에서 질질 끌고 와서 부옥령 앞에 패대기쳤다.

쿠당!

"크윽……!"

부옥령이 방곤을 쳐다보지도 않은 채 진천룡 잔에 술을 따르며 말했다.

"볼 거 없다. 분근착골을 가해라."

"으앗! 왜… 왜 그러십니까?"

'분근착골'이라는 말에 방곤은 몸이 부르르 떨리면서 처절하게 부르짖었다.

"무, 무엇을 알고 싶은지 물으면 대답할 겁니다! 분근착골 같은 거 하지 않아도 대답할 겁니다! 네! 물어보세요!"

그는 결사적으로 외쳐댔다.

부옥령은 느긋하게 술을 한 잔 마시고 나서 안주를 집으며 물었다.

"뭐 하러 왔느냐?"

방곤은 어리둥절한 표정을 지었다.

"뭐… 하러라뇨? 아시다시피 당신들이 저를 이곳으로 데려온 것 아닙니까?"

부옥령은 안주를 입에 넣으며 말했다.

"분근착골 해라."

"으앗!"

방곤이 비명을 지르는데 아랑곳하지 않고 훈용강은 손을 뻗어 지풍을 쏘아냈다.

슈슈슉!

파파파파팍!

"으윽……."

연속 열다섯 줄기의 지풍들이 방곤 온몸에 소나기처럼 골고루 적중됐다.

잠시 적막이 흐르는가 싶더니 느닷없이 방곤이 바닥에 몸을 던지면서 비명을 지르기 시작했다.

"끄아아—!"

분근착골수법의 처절한 고통이야 두말하면 입만 아프다. 어북하면 그걸 견딜 수 있는 사람이 천하에서 손가락으로 꼽을 정도이겠는가.

그렇지만 진천룡과 부옥령 등은 방곤이 비명을 지르든지 말든지 자기들끼리 대화를 나누면서 술을 마셨다.

부옥령이 손짓을 하자 훈용강도 자신의 자리로 돌아갔다.

방곤은 바닥을 데굴데굴 구르면서 입에서 게거품을 토하며 돼지 멱따는 소리로 비명을 질러댔다.

그렇게 일 각의 시간이 지나자 방곤은 목이 쉬어 비명도 지르지 못하고 꺽꺽 소리를 내며 축 늘어져 있었다.

고통이 사라지지 않았지만 바닥에 누운 채 몸 여기저기를 푸들푸들 떨고 있다.

그러더니 어느 순간 분근착골이 자동적으로 해혈되었다.

그때 방곤과 가까이 있는 정무웅이 눈살을 찌푸리며 그에게 다가갔다.

"이놈, 똥 쌌습니다."

그러고는 수하를 불러서 끌고 나가도록 했다.

*　　　*　　　*

수하는 방곤을 끌고 나가서 운하에 빠뜨렸다가 건져낸 후 새 옷을 갈아입혀서 데리고 왔다.

방곤은 분근착골을 일 각 동안 당하느라 기진맥진한 탓에 운하에 던져지고 새 옷을 갈아입을 때 각각 두 차례 도주하려고 했으나 호위고수를 당해낼 수는 없었다.

호위고수는 두 번 다 방곤을 붙잡았지만 따로 징벌을 내리지는 않았다.

방곤은 일류고수 상급에 속하는 자신이 영웅문의 일개 호위고수의 일초식조차 감당하지 못한다는 사실에 경악을 금하지 못했다.

쿵!

"윽……."

방곤은 진천룡 등의 술자리 옆 바닥에 내던져졌다.

옥소가 호위고수에게 물었다.

"도망치려고 했었느냐?"

"두 번 도망치려고 했습니다."

"죽이지 그랬느냐?"

아무렇지도 않은 얼굴로 하는 옥소의 말에 방곤은 몸을 부르르 떨며 공포에 질렸다.

정말로 무서운 사람은 인상을 전혀 쓰지 않고 조용히 말하는 법이다.

부옥령이 아까 했던 질문을 다시 방곤에게 했다.

"뭐 하러 왔느냐?"

"네… 그게……."

방곤이 정신을 차리느라 고개를 흔들고 있을 때 훈용강이 그에게 손을 뻗었다.

그걸 발견한 방곤은 절규하듯이 울부짖었다.

"끄아아! 도둑질하러 왔습니다—!"

사실 방곤은 매우 행실이 나쁜 인물이어서 사부인 천면수라는 그를 파문시켜서 내쫓았을 정도였다.

또한 방곤은 어린 사매인 청랑을 어떻게 한번 해보려고 수차례 더러운 방법을 사용했었지만 그때마다 번번이 실패를 맛보았었다.

그는 사부가 오랜 세월 동안 모은 재물을 야금야금 훔치는 것은 물론이고 깊이 감춰둔 전대의 비급까지도 훔쳐서 비싸게 팔아먹었다.

사부 천면수라는 방곤을 제자로 거두어 십여 년 데리고 있는 동안 알거지가 되었으니 웃지도 못할 일이다.

천면수라가 방곤을 파문한 진짜 이유는 그가 청랑에게 흑심을 품고 끊임없이 수작을 부리기 때문이었다.

지금 만약 청랑이 기억을 잃지 않았다면 방곤을 일장에 처죽였을 것이다.

그런데 더 중요한 사실은 청랑이 자신을 증오한다는 사실을 방곤이 모르고 있다는 것이다.

그 당시의 청랑은 너무 어렸었기에 자신보다 훨씬 나이가 많고 무공 실력도 출중한 방곤이 무서워서 그를 증오하고 있는 내색을 하지 못했었다.

청랑이 진천룡의 수하가 되기 전까지는 무공 실력이 방곤보다 하수였기에 될 수 있으면 그와 부딪치지 않으려고 슬슬 피해 다녔었다.

부옥령은 방곤을 벌레처럼 굽어보았다.

"또 뭐가 있느냐?"

"뭐… 라뇨……?"

방곤은 시치미 뚝 떼고 말하다가 훈용강이 손을 뻗는 걸 보고는 얼굴이 새하얗게 질려서 외쳤다.

"사, 사매를 강간하려고 왔습니다—!"

'강간'이라는 말을 중인들 모두 똑똑히 들었다.

"강간?"

부옥령은 눈살을 잔뜩 찌푸렸다. 그녀는 많은 것들을 싫어하는데 그중에서 강간 같은 것을 가장 싫어, 아니, 증오하고 경멸한다.

강간이란 여자의 의사와는 상관없이 강제로 몸을 더럽히는 악질적인 행위다.

부옥령은 왼손에 술잔을 쥔 채 오른손을 들어 올리며 얼음가루를 풀풀 날리듯이 싸늘하게 말했다.

"너 같은 놈은 더 두고 볼 것도 없다."

방곤의 얼굴에서 핏기가 사라졌다. 그는 눈을 화등잔처럼 크게 떴다가 다급히 부옥령에게 전음을 보냈다.

[이 방에 외부인이 있습니다!]

부옥령은 들어 올린 손으로 자연스럽게 머리카락을 쓸어 넘기면서 전음으로 물었다.

[어디에 있느냐?]

[저를 살려주십시오……!]

방곤은 거래를 하려고 들었다.

[저를 살려주시면 유용하실 겁니다… 제발…….]

부옥령은 왼손의 술잔을 입으로 가져가면서 눈을 감았다.

[살려주마.]

눈을 감자 천하절색 미모를 지닌 그녀의 긴 속눈썹이 살짝 나풀거렸다.

만약 정말로 이 방에 외부인이 있으며 그것을 부옥령과 진천룡 등이 전혀 모르고 있는데 방곤이 간파해 냈다면 그것은 매우 특별한 능력이다.

방곤은 부옥령의 '살려주마'라고 한 말을 믿었다. 그는 눈치가 빠르고 상황 판단을 잘하는 편이기 때문이다.

그는 부옥령 같은 여자는 생전 처음 만나보지만 경험상 절대로 허언을 하지 않을 것 같았다.

방곤은 일부러 자신이 지목하는 방향을 보지 않으면서 전음을 했다.

[좌측 창 옆 탁자 뒤에 있습니다. 여자인데 요기(妖氣)가 은은하게 풍깁니다.]

[한 명이냐?]

[그렇습니다.]

[손을 쓸 테니까 죽은 척해라.]

부옥령은 전음과 함께 손가락을 퉁겨 방곤의 머리와 가슴 세 군데 혈도를 적중시켰다.

"흐악!"

방곤은 처절한 비명을 지르면서 뒤로 벌렁 자빠졌다.

중요한 것은 부옥령과 방곤이 나눈 전음을 실내의 모든 사람들이 다 들었다는 사실이다.

부옥령이 무형막을 쳤다면 다른 사람들이 듣지 못하겠지만 일부러 들으라고 그러지 않았다.

부옥령은 기가 막혔다. 외부인에게서 요기가 풍기고 있다면 요천사계 인물이 분명한데 실내의 날고 기는 실력자들이 아무도 그것을 감지하지 못했기 때문이다.

그래서 그녀는 만전을 기하기로 했다. 요계인이 이 방에 먼저 들어와 있었는지 아니면 나중에 들어왔는지 알 수 없지만 만만한 상대가 아닐 것 같았다.

그녀는 옆에 앉은 진천룡 허벅지에 손을 얹었다.

[당신이 진법으로 잡아보세요.]

[알았어.]

진천룡은 북두은한진법의 요결을 어떻게 변환시킬지에 대해서 잠시 생각하다가 몇 사람에게 전음을 보내 자세를 조금씩 바꾸라고 지시했다.

부옥령은 의아한 표정을 지었다.

[위치를 이동하지 않아도 괜찮아요?]

[잠시니까 자세만 조금 바꾸면 돼.]

[어떻게 했는데요?]

진천룡은 싱긋 미소 지었다.

[반 장 이내로 가둬놨어.]

부옥령의 손이 조금 안쪽을 쓰다듬었다.

[잘하셨어요.]

[너…….]

[헤헤! 좋으면서 왜 그래요?]

그러면서 그녀는 진천룡의 그 부위를 손끝으로 가볍게 툭 건드리고 나서 일어섰다.

부옥령은 조금 전에 방곤이 가리킨 좌측 창 옆의 탁자를 향해 곧장 걸어갔다.

창 옆 탁자 뒤에는 벽을 등지고 정말 요녀 한 명이 앉은 자세로 숨어 있었다.

요녀는 요천사계에서도 극소수만 익힐 수 있다는 환조비술(幻照祕術)을 십 성까지 터득했다.

요천사계에서 흔히 하는 말로 환조비술을 십 성까지 연성하면 지옥에 가서도 염라대왕에게 들키지 않고 무사히 돌아올 수 있다고 했다.

그래서 요녀는 무인지경처럼 이곳에 들어와서 진천룡 등의 대화를 태연히 듣고 있었던 것이다.

요녀는 부옥령이 자신을 향해 똑바로 걸어오는 것을 봤지만 피하지 않았다. 부옥령이 자신을 발견했을 리가 없다고 믿었기 때문이다.

그래서 요녀는 부옥령이 창밖을 내다보려고 이쪽으로 오는 것이라고 생각했다.

정말 요녀의 짐작처럼 부옥령은 창을 향해서 똑바로 걸어오고 있다.

그런데 바로 그때 요녀는 탁자 둘레에 앉아 있는 몇 사람의 자세가 조금 이상하고 또 어색한 것을 발견했다.

그들은 언제부터 그랬는지 약간 부자연스러운 자세를 취한 채 움직이지 않고 있는 중이다.

"……!"

요녀는 창 쪽으로 걸어오는 부옥령을 다시 한번 쳐다보다가 움찔 놀랐다.

부옥령이 창을 쳐다보고 있는 것이 아니라 탁자 뒤쪽 즉, 요녀를 주시하고 있는 것이 아닌가.

요녀는 즉시 환조비술 중에 선은기(仙隱奇)라는 수법을 발휘하여 창을 향해 몸을 띄웠다.

"……!"

그런데 어찌 된 일인지 몸이 나아가질 않았다. 요녀가 있는 곳에서 창까지의 거리는 불과 다섯 자 남짓인데도 거기까지 갈

수가 없는 것이다.

선은기라는 수법을 발휘하면 아무리 사람이 많은 곳에서라도 추호의 기척도 없이 원하는 장소로 이동할 수가 있다.

부옥령은 어느새 다섯 걸음 남겨둔 거리까지 다가오고 있는 중이다.

그렇다면 의심의 여지 없이 부옥령은 요녀를 향하여 다가오고 있는 것이다.

요녀는 창으로 도주하는 것을 포기하고 오히려 실내 안쪽으로 선은기를 전개하여 몸을 날렸다.

툭…….

"……!"

그런데 그쪽도 마찬가지였다. 이번에는 무엇인가에 부딪친 듯한 느낌을 받았다.

'이게 도대체…….'

요녀는 크게 당황하여 이리저리 마구 날뛰었지만 마치 보이지 않는 단단하고도 투명한 상자에 갇힌 것처럼 꼼짝도 할 수가 없었다.

부옥령은 화병을 얹은 작은 탁자를 돌아가서야 그곳에 흐릿한 홍광이 일렁거리는 것을 발견했다.

그녀가 이리저리 움직였기 때문에 나타난 동선기(動線氣)였다.

사람이든 동물이든 움직이게 되면 움직임의 선이 매우 흐릿하게 아주 짧은 시각 나타났다가 사라지는데 그것을 감지할 수 있는 사람은 초극고수 이상 절대고수에 국한된다.

부옥령은 두 걸음 거리에서 멈춰 흐릿한 동선기를 향해 손을 뻗어 무거운 잠력을 발출했다.

"윽……."

요녀는 천만 근의 산악이 자신을 짓누르는 압력을 느끼면서 바닥에 납작하게 엎드려졌다.

그렇게 요녀의 공력이 빠르게 흩어지면서 그녀의 모습이 점차 드러났다.

부옥령은 요녀의 혈도를 제압하고 돌아섰다.

"끌고 와라."

요녀는 탁자를 등지고 돌아서 앉은 진천룡과 부옥령 앞에 무릎이 꿇렸다.

요녀는 이십오륙 세 정도의 나이에 고양이를 닮은 듯한 귀엽고 요염한 용모를 지녔다.

그런데 특이한 옷을 입고 있었다. 잠자리 날개처럼 얇은 망사 옷인데 알몸이 다 내비쳐서 옷을 입고 있지 않은 것이나 다를 바가 없다.

요녀가 적지에 잠입하면서 누굴 유혹하려고 망사 옷을 입었을 리가 없다.

아마도 사람의 눈에 띄지 않는 은둔술 같은 것을 전개하려면 이런 옷을 입어야만 하는 것 같았다.

요녀는 착잡한 표정으로 눈을 내리깐 채 두 손을 무릎에 얹고 있었었다.

그녀는 요천사계 내에서 최정예인 요마정수(妖魔精手) 중 한 명이다.

요천사계 내의 요마정수는 모두 삼백 명이 있으며 요마정녀라 부르는 여자가 이백칠십 명이고 요마정랑(妖魔精郞)인 남자가 삼십 명이다.

요녀 요마정녀는 아까 방곤이 어떻게 됐는지 똑똑히 목격했기 때문에 자신도 그자의 전철을 밟을까 봐 입을 꼭 다문 채 침묵을 지키고 있다.

이윽고 부옥령이 착 가라앉은 목소리로 입을 열었다.

"요천사계냐?"

"……."

그녀가 침묵을 지키자 탁자 너머에 앉아 있는 훈용강이 그녀에게 손을 뻗었다.

요마정녀는 아까 훈용강이 지풍으로 방곤을 적중시켜서 분근착골수법을 전개하는 것을 봤기 때문에 놀라서 후드득 몸을 세차게 떨었다.

요마정녀는 태어나서 한 번도 분근착골수법에 당해본 적이 없지만 아까 방곤이 당하는 광경을 봤을 때 너무나도 잔인해서 끝까지 보지 못하고 중도에 눈을 감아버렸었다.

여북하면 분근착골수법을 당하던 중에 방곤이 똥오줌까지 싸질렀겠는가.

훈용강이 요마정녀를 향해 손을 완전히 다 뻗으면 지풍을 발출할 테고 그러면 늦고 만다.

그리되면 그녀는 처절한 고통을 당하다가 똥오줌을 퍼질러 싸고 지옥을 경험하게 될 것이다.

요마정녀는 다급히 부르짖었다.

"마, 맞아요! 요천사계의 요마정수 중에 제칠십오 요마정녀라고 해요."

그녀는 묻지 않은 것까지도 술술 실토했다.

"뭐 하러 왔느냐?"

요마정녀는 훈용강을 흘끔 보고 나서 체념한 듯 고개를 숙이며 대답했다.

"영웅문주를 감시하라는 명령을 받았어요."

第百六十六章

요마정녀(妖魔精女)

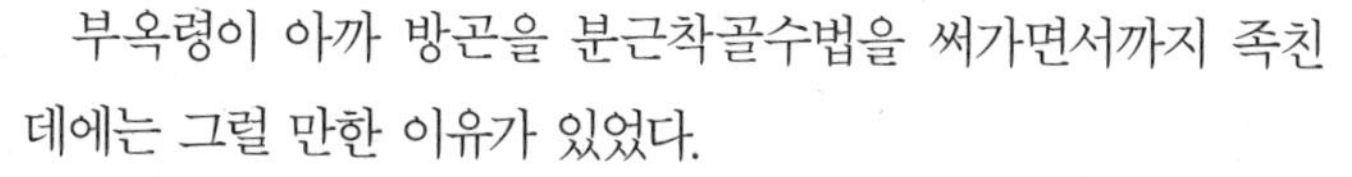

부옥령이 아까 방곤을 분근착골수법을 써가면서까지 족친 데에는 그럴 만한 이유가 있었다.

강비가 방곤을 한눈에 알아보고는 대뜸 도둑질과 호색으로 하북, 산동 두 개 성에서 악명이 자자하다고 말했을 때 부옥령은 그가 필시 좋은 일로 청랑을 찾아오지는 않았을 것이라고 짐작한 것이다.

그런 점에서 부옥령은 요마정녀가 하는 말을 곧이곧대로 믿지 않았다.

요마정녀가 영웅문주를 감시만 하는 것이 목적이라면 지붕 위나 천장 속에 들어가서 가만히 숨어 있어도 된다. 그랬다면 방곤에게 발각되지 않았을 수도 있다.

그런데 굳이 위험을 무릅쓰고 숨소리까지 들리는 지근거리에 잠입하여 은둔해 있었다는 것은 다른 목적이 더 있을 것이라는 뜻이다.

아무리 권모술수에 능하고 닳아빠진 사람이라도 부옥령을 속인다는 것은 녹록한 일이 아니다. 그녀는 상대의 머리 꼭대기에 앉아 있기 때문이다.

그래서 진천룡 곁에 부옥령이 있다는 것은 천군만마보다 훨씬 더 든든한 것이다.

부옥령은 진천룡 빈 잔에 술을 따르면서 조금도 궁금하지 않은 얼굴로 말했다.

"감시뿐이냐?"

"……!"

아주 짧은 순간에 요마정녀의 머릿속에서 여러 차례 복잡한 갈등이 오갔다.

부옥령이 '감시뿐이냐'라고 물었을 때에는 뭔가 께름칙하거나 앞질러서 예상하는 그 무엇인가 있다는 뜻이다.

요마정녀는 그걸 짐작할 수가 있다. 그런 사람을 속이는 일은 결코 쉽지 않다.

요마정녀는 죽는 것은 두렵지 않지만 분근착골의 고통은 생각만 해도 몸서리가 쳐진다.

자칫 말 한마디 잘못했다가 분근착골수법을 당하게 된다면,

그런 처절한 고통을 당하는 과정에 자신도 모르게 똥오줌을 퍼질러 쌀지도 모른다는 상상만 해도 등골이 쭈뼛거리고 몸서리가 쳐졌다.

요마정녀는 훈용강이 손을 쓸까 봐 그를 곁눈질로 살피다가 냅다 외쳤다.

"기… 기회를 봐서 암살하라고 했습니다!"

"문주를 말이냐?"

"그렇습니다……!"

"나참……."

부옥령이 기가 막힌다는 표정을 짓자 다들 코웃음을 치며 실소를 지었다.

천하의 영웅문주가 한낱 요마정녀의 살수 따위에 당하겠느냐는 뜻이다.

진천룡은 목을 쓰다듬으며 너스레를 떨었다.

"하마터면 죽을 뻔했구나."

부옥령이 지나가는 말처럼 요마정녀에게 물었다.

"그래, 문주를 어떤 방법으로 암살하려고 했느냐?"

사실 아까 방곤이 말해주지 않았다면 부옥령은 실내에 요마정녀가 은둔해 있다는 사실을 전혀 몰랐을 것이다.

그렇기 때문에 요마정녀가 진천룡을 죽이기로 결심을 하고 그에게 접근을 하여 어떤 수법으로든지 위해를 가했다면 위험에 빠졌을 수도 있었을 것이다.

그렇게 본다면 방곤이 매우 대단한 일을 해주었다. 만약 그가 요마정녀를 지적하지 않았더라면 어떤 형태로든 좋지 않은 일이 벌어졌을 테니까 말이다.

요마정녀는 부옥령이 그렇게 묻는 저의를 알아내려는 듯 그녀를 쳐다보았으나 뜻을 이루지 못하고 자포자기하는 심정으로 입을 열었다.

"독을 쓰려고 했어요……."

요마정녀는 자신이 순순하게 실토를 하면 고통을 주지 않고 곱게 죽여줄 것이라고 믿었다.

'독'이라는 말에 부옥령은 회심의 미소를 지으면서 고개를 끄떡였다.

"독은 주군께 통하지 않는다."

그러자 요마정녀뿐만 아니라 다들 적잖이 놀라고 또 감탄하는 표정으로 진천룡을 주시했다.

진천룡은 왼쪽 손목에 차고 있던 전극신한(全極神釬)을 슬쩍 내려다보았다.

그것은 남창에서 부옥령이 정천영에게서 강제로 뺏다시피 하여 진천룡 손목에 끼워주었는데 천고의 신물로서 물(水), 불(火), 독(毒), 사(邪), 요(妖)가 침범하지 못한다.

부옥령은 이로써 요마정녀에게 더 물을 것이 없지 않겠느냐는 표정으로 주위를 둘러보았다.

그녀에게 물어볼 것이 있는 사람은 물어봐도 좋다는 몸짓이기도 했다.

그때 훈용강이 요마정녀에게 직접 물어보았다.

"항주나 절강성에 요천사계의 요부(妖部)가 있느냐?"

부옥령은 움찔하며 훈용강을 쳐다보았다. 요부라는 것은 요천사계의 지부인데 당연히 항주나 절강에도 있을 것이다. 하마터면 중요한 것을 묻지 않고 그냥 넘어갈 뻔했다.

모든 것을 포기한 요마정녀는 순순히 실토했다.

"항주에 있어요."

"어딘지 아느냐?"

요마정녀는 부옥령을 한 번 보고 나서 대답했다.

"네."

"말해라."

요마정녀는 항주 본토박이라면 다 알 수 있는 장원 하나를 지목했다.

이제 요마정녀에게서 더 이상 알아낼 것은 없다. 그것을 알았는지 그녀는 죽음을 각오하고 눈을 감은 채 차분한 얼굴로 가만히 앉아 있다.

아까 부옥령이 자신을 어떻게 제압하는지 똑똑하게 겪었기 때문에 부질없는 반항 같은 것은 하고 싶지 않았다.

부옥령은 진천룡 잔에 술을 따르며 전음을 보냈다.

[재 어떻게 할까요?]

[살려줘.]

진천룡은 알고 싶은 거 다 알아냈는데 쓸데없이 살인을 하는 것이 마뜩치 않았다. 그리고 예전에도 이런 경우에는 대부분 살려주었다.

생살여탈권은 진천룡에게 있다. 부옥령이 요마정녀를 살려주고 싶어도 진천룡이 거부하면 죽여야 한다. 물론 진천룡은 요마정녀를 죽일 이유가 없다.

부옥령이 요마정녀에게 물었다.

"이름이 뭐냐?"

"네?"

요마정녀는 멍한 얼굴로 부옥령을 바라보았다. 자신의 이름을 물어보는 저의를 모르겠다는 표정이다.

"이름 모르느냐?"

"칠십오호 요마정녀입니다."

"그거 말고 네 부모가 지어준 이름 말이다."

"……."

부옥령은 설마 하는 표정을 엷게 떠올렸다.

"너… 이름이 없느냐?"

요마정녀는 씁쓸한 얼굴로 고개를 끄떡였다.

"네……."

요천사계의 수하들 중 절대다수가 어렸을 때 일반 가정집에서 납치당했다고 했었다.

부옥령은 어이없는 표정을 지었다.

"너는 몇 살에 요천사계에 들어갔느냐?"

"모… 릅니다."

지난번에 잡았던 요마십구령 아미는 다섯 살 때 납치되었기에 집과 아버지에 대해서 흐릿하게나마 기억을 하고 있어서 가족을 찾을 수 있었다.

"그럼 부모나 가족에 대해서는 아무것도 모르겠구나."

"네……."

"그래서 이름이 없는 것이니?"

"네……."

부옥령은 고개를 끄떡였다.

"네가 하나의 조건을 지킨다고 하면 살려주마."

"네……?"

요마정녀의 눈동자가 마구 심하게 흔들렸다. 백이면 백 당연히 죽을 것이라고 생각했었는데 살려주겠다니까 믿지 못하는 표정이다.

"뭔… 가요?"

"요천사계로 돌아가지 않고 다른 곳에서 평범하게 살겠다고 약속하면 살려주겠다."

"그것은……."

요마정녀는 착잡한 표정을 지었는데 부옥령은 왜 그러는지 알아차리지 못했다.

진천룡이 빈 잔을 내려놓으며 조용히 말했다.

"갈 데가 없는 거야."

"네?"

부옥령은 그의 말을 얼른 알아차리지 못했다.

"저 아이는 세상천지에 갈 곳이라곤 요천사계밖에 없어. 그게 저 아이의 처음이고 끝이야. 또한 다른 곳에서는 살 자신이 없어. 요천사계가 저 아이를 찾아내서 죽일 테니까, 그런데 요천사계에는 가지 말라고 하면 어떻게 해?"

"아……."

부옥령은 이해할 수 있을 것 같지만 전부 이해하지는 못하는 듯한 표정을 지었다.

부옥령은 무림이나 전투, 싸움, 무공, 작전 같은 것들에 대해서는 타의 추종을 불허할 정도의 출중한 실력을 지녔지만 지금처럼 가족, 연인, 고독 같은 삶에 대한 것에 대해서는 문외한이나 진배없다.

진천룡이 요마정녀에게 넌지시 물었다.

"너 요천사계에 돌아가고 싶으냐?"

요마정녀는 옷자락을 만지작거리다가 씁쓸한 표정으로 겨우 말했다.

"돌아가면 죽거나 중벌을 당할 거예요."

이런 부분을 잘 아는 부옥령이 보충 설명을 했다.

"임무에 실패했기 때문이에요."

진천룡은 어이없는 표정을 지었다.

"때에 따라서 임무에 성공도 하고 실패도 하고 그러는 거지, 실패했다고 수하를 죽인다는 거냐?"

"……!"

이름도 없는 요마정녀는 고개를 푹 숙인 채 옷자락만 만지고 있을 뿐이다.

진천룡이 불쑥 말했다.

"너, 영웅문에서 살겠니?"

요마정녀는 움찔하더니 고개를 들고 놀란 표정으로 진천룡을 바라보았다.

조금 전까지만 해도 분근착골을 한다느니 죽이겠다느니 서슬이 시퍼렇던 사람들이 느닷없이 여기에서 같이 살자고 말하니까 요마정녀는 마구 헷갈렸다.

또한 그녀는 기회를 봐서 영웅문주를 독살하라는 임무를 받고 이곳에 잠입했었다.

그런 그녀를 살려주는 것은 물론이고 이곳에서 살도록 해주겠다는 것이다.

그녀의 상식으로는 이러는 것이 도저히 이해할 수도 이해되지도 않는 일이다.

진천룡의 자비심이 또다시 발동했다. 그는 아무리 적이었다고 해도 더 이상 저항하지 못하는 신세가 되면 상대의 처지를 걱정하는 심성을 지니고 있다.

"네가 요천사계에 가지 못하고 갈 곳이 없다고 하면 여기에

서 살아도 괜찮다.”

요마정녀는 어리둥절한 표정으로 중인들을 두리번거릴 뿐 대답하지 못했다.

진천룡은 아예 한 걸음 더 나아갔다. 그는 누구에게랄 것 없이 물었다.

“아미는 어떻게 됐지?”

그는 같은 요천사계 사람들끼리 묶어줄 생각을 했다.

“천첩이 알아보고 올게요.”

청랑이 즉시 문으로 달려갔다.

진천룡은 청랑까지 스스로를 ‘천첩’이라고 칭하는 것을 보고 약간 어이없는 표정을 짓고는 부옥령을 나무랐다.

[넌 이제부터 천첩이라는 말 쓰지 마라.]

부옥령은 방그레 미소 지었다.

[왜요?]

그녀는 다 알면서도 물었다.

[너, 맞을래?]

부옥령은 환하게 웃었다.

[때려주세요. 네? 제발 많이 때려주세요.]

진천룡은 어이없는 표정을 지었다.

[졌다. 그만하자.]

부옥령은 물러서지 않고 눈웃음을 살살 쳤다.

[이따 잘 때 많이 때려주셔야 해요?]

그녀는 순진무구한 진천룡이 너무도 사랑스러워서 미칠 지경이다.

진천룡은 턱으로 방곤을 가리켰다.

"저 친구 깨워라."

은조가 일어나서 방곤에게 다가가는 걸 보고 요마정녀는 눈으로 좇았다.

요마정녀는 아까 부옥령이 방곤을 죽이는 것을 자신의 눈으로 똑똑히 보았었다.

그런데 진천룡이 그를 깨우라고 하자 어리둥절한 표정으로 쳐다보았다.

은조가 방곤의 혼혈을 풀어주자 그는 부스스 깨어나더니 일어나 앉았다.

"마혈을 제압해 둬라."

부옥령의 말에 은조는 그의 마혈을 제압하고 제자리로 돌아왔다.

그때 문이 열리고 청랑이 돌아왔는데 뜻밖에도 아미를 데리고 왔다.

아미가 어떻게 됐는지 알아보고 오라니까 아예 아미를 데리고 온 것이다.

진천룡은 아미를 보고 의아한 얼굴로 물었다.

"넌 어쩐 일이냐?"

아미는 쪼르르 다가와서 진천룡 앞에 무릎을 꿇었다.

"천첩이 주인님께 소원이 있어서 왔어요……!"

이제는 오만 여자들이 진천룡더러 다 천첩이라고 한다. 이게 다 부옥령의 영향이다.

요마정녀는 자신의 앞 오른쪽에 사선으로 무릎을 꿇은 아미를 보고 적잖이 놀라는 표정을 지었다.

진천룡은 아미가 무엇 때문에 그러는지 짐작했다.

"가족이 위험해진 것이냐?"

"네… 요천사계에게 쫓기고 있어요."

아미는 울먹이며 대답했다.

* * *

진천룡은 고개를 끄떡였다.

"무슨 일인지 말해라."

"주인님께서 가르쳐 주신 곳에 사람을 사서 보냈어요."

아미의 부친 용우검 현도무가 살고 있는 곳인 강소성 용우검장(龍羽劍莊)을 알려준 사람은 훈용강이었지만 그녀는 진천룡이 가르쳐 주었다고 말했다.

"흠, 그래서?"

진천룡은 어떻게 된 일인지 대충 짐작할 수 있지만 아미가 설명하도록 내버려 두었다.

"그 사람에게 제가 직접 적은 서찰을 줘서 용우검 현도무에게 전해주라고 했어요. 그러면서 저는 용우검장 근처에서 혹시 요천사계가 감시하고 있는지 세밀하게 살펴봤어요."

"그런데?"

"아무도 감시하는 사람이 없었어요. 요천사계의 손길이 아직 뻗치지 않은 것 같았어요. 그래서 천첩이 직접 용우검장에 들어가서 현도무 일족을 만나 자초지종을 얘기하고 그들을 이끌고 나왔어요."

아미는 아버지라는 말이 입에 배지 않아서 부친 이름을 그냥 막 부르고 있다.

"너의 말을 곧이 믿더냐?"

"네. 조금도 의심하지 않고 믿던데요?"

어른이 될 때까지 요천사계에서만 성장하고 길들여져서 요마술과 권모술수에는 능수능란하지만 세상일은 생경하고 어수룩한 아미는 설마 진천룡이 용우검장에 미리 손을 써두었을 것이라는 생각은 하지 못했다.

사실은 진천룡이 사람을 미리 보내서 용우검 현도무를 만나 자세한 내용을 설명하고 부옥령이 친히 적은 서찰을 전하도록 했었다.

아미는 간절한 표정으로 진천룡을 바라보면서 말했다.

"천첩이 가족들을 이끌고 이곳으로 왔어요."

진천룡은 용우검 현도무에게 보낸 서찰에 딸 아미를 데리고 안전한 곳으로 피신하라고 일러두었었다.

그런데 현도무는 다른 곳으로 피신하지 않고 영웅문으로 온 것이다.

"누가 여기로 오자고 했느냐?"

"천첩이 데리고 왔어요……."

부옥령이 물었다.

"몇 명이냐?"

"열두 명이에요."

아미는 불안한 표정을 지었다.

"너… 무 많은가요?"

"용우검장은 어떻게 했느냐?"

"수하들은 모두 내보내고 천첩의 가족들만 데리고 왔어요. 주인님… 제발……."

아미는 진천룡과 부옥령이 자꾸 이것저것 묻는 이유가 자신이 가족을 데려온 게 문제가 되어서라고 여겼는지 불안해져서 눈물을 뚝뚝 흘렸다.

아미가 우는 것을 보고 진천룡이 부드럽게 말했다.

"가족들은 어디에 있느냐?"

"전문 대기실에 있어요……."

영웅문 전문 바로 안쪽에는 출입하는 사람의 신원을 확인하는 동안 잠시 머무는 대기실이 있다.

진천룡은 고개를 끄떡였다.

"가서 데리고 와라."

아미는 눈을 크게 뜨더니 바닥에 이마를 대며 울음을 터뜨리고 말았다.

"으흐흑……! 고맙습니다… 주인님……!"

부옥령이 아미에게 말했다.

"고개 들고 저 아이를 봐라."

아미는 고개를 들고 부옥령을 쳐다보았다.

부옥령은 아미의 왼쪽 뒤에 있는 요마정녀를 턱으로 가리키며 물었다.

"아는 사이냐?"

부옥령은 조금 전에 요마정녀가 아미를 보고 가볍게 놀라는 표정을 발견했었다.

아미는 요마정녀를 보더니 깜짝 놀라고, 요마정녀는 아미를 보고 반가운 표정을 지었다.

"십구령 언니……!"

"너 칠오정녀(七五精女) 아니냐?"

"십구령 언니……."

요천사계 내에서는 서로의 이름을 모르는 상황이고 설혹 안다고 해도 입에 올리는 것은 불법이라서 언니 동생 하더라도 지위나 신분을 앞에 두고 부른다.

요천사계 내의 사람들은 외부와 단절된 생활을 하기 때문에 극도의 외로움에 시달릴 수밖에 없다.

그런 탓에 내부 사람들끼리의 유대 관계가 매우 돈독하고 요천사계 고위층에서도 그것을 관여하지 않는다.

인간의 욕망, 그중에서도 외로움이라는 것은 억누른다고 해결될 문제가 아니기 때문이다.

요천사계는 납치해 온 어린 소녀들을 짧게는 십 년에서 길게는 십오 년까지 꾸준히 무공을 가르친다.

세상을 살아가는 데 필요한 학문이나 상식 같은 것들은 일절 배척하고 오로지 무공 그것도 요마술 위주로 쏟아붓듯이 주입식으로 가르친다.

그때 어린 소녀 수백 명은 하나의 시설에서 여러 명씩 숙식을 하는데 아미와 칠오정녀는 같은 방을 사용했었다.

그녀들은 열 살 때부터 열일곱 살 때까지 무려 칠 년 동안 한방을 사용하면서 같이 무공을 배우고, 밥을 먹고 살을 부대끼면서 잠을 잤었기 때문에 서로 원수지간이라고 해도 정이 들 수밖에 없는 상황이었다.

그런데 아미와 칠오정녀는 처음부터 서로를 무척이나 좋아했었기에 나중에는 친혈육보다 더 친해졌었다.

나중에 요마술을 다 배운 그녀들은 아미가 열여덟 살 때 먼저 새로운 지위와 임무를 받아서 기숙 시설을 떠났으며, 이후 이 년 후에 칠오정녀도 떠났었다.

칠 년여 동안 두 소녀가 서로를 부른 호칭은 이백십사호와 이백십칠호였었다.

그런데 나중에 서로 확고한 지위가 생기고 나서 이따금 다시 만나게 되자 서로의 호칭을 자연스럽게 지위로 부르게 된 것이었다.

두 여자는 서로를 얼싸안았다.

"칠오야! 네가 여기에 어쩐 일이니?"

"언니! 이게 어떻게 된 거야?"

두 여자는 '십구령 언니'와 '칠오정녀'도 길어서 짧게 불렀다.

진천룡과 부옥령 등은 두 여자의 해후를 방해하지 않고 지켜보았다.

아미는 칠오의 두 손을 잡고 반가워서 어쩔 줄 모르는 표정으로 말했다.

"나, 복건요부 부지부주였잖아. 너는 어떻게 된 거야?"

"난……."

칠오는 말을 잇지 못하고 진천룡과 부옥령 쪽을 말없이 쳐다보았다.

아미는 진천룡과 칠오를 번갈아 쳐다보다가 어떤 사실을 직감하고 더럭 불길한 표정을 지었다.

"설마 너… 주인님을 암살하러 온 거니?"

칠오는 착잡한 표정으로 고개를 끄떡였다.

"응. 언니, 나 어떡하면 좋아……."

아미는 불안함과 초조함이 가득한 표정으로 칠오의 두 손을 잡고 진천룡을 바라보았다.

"주인님… 제발……."

아미가 말을 잇지 못해도 무슨 말을 하려는 것인지 모를 진천룡이 아니다.

진천룡은 아미에게 넌지시 물었다.

"아미야, 너 저 아이하고 같이 살겠니?"

"네……?"

느닷없는 말에 아미는 어리둥절한 표정을 지었다. 진천룡의 그 말이 무슨 뜻인지도 순간적으로 이해하지 못했다.

진천룡이 다시 말해주었다.

"여기 영웅문에서 너와 네 가족이 저 아이와 함께 살겠다면 그렇게 해주마."

"아……."

그제야 그의 말이 무슨 뜻인지 깨달은 아미와 칠오 얼굴에 환한 표정이 가득 떠올랐다.

아미는 두 손으로 바닥을 짚고 하늘을 우러르듯 진천룡을 바라보며 펑펑 눈물을 흘렸다.

"정말인가요… 주인님?"

"그래."

"으흐흑……! 정말 고마워요. 천첩은 주인님께서 시키시는 일이라면 목숨이라도 아낌없이 내놓겠어요……!"

칠오도 이마를 바닥에 대고 흐느껴 울었다.

"흐어엉! 천첩도 주인님을 위해 죽을 때까지 충성할게요……!"

칠오는 '천첩'이라는 게 무슨 뜻인지 정확히 알지도 못하면서 아미를 따라 했다.

아미가 칠오와 함께 가족을 데리러 나간 후에 진천룡이 부옥령을 비롯한 측근들에게 자신의 의견을 말했다.

"요인(妖人)들만의 조직을 하나 만들면 어떻겠어?"

"네?"

전혀 생각해 본 적이 없었던 일에 부옥령은 물론 다들 적잖이 놀랐다.

하지만 진천룡의 말이 떨어지기 무섭게 부옥령을 비롯한 측근들의 머리가 빠르게 회전했다.

영웅문은 정도(正道)를 지향하지 않으며, 전체 조직을 보면 여러 방면의 문파나 방파, 그리고 사람들이 한데 섞여서 잘 조율되어 있는 상황이다.

영웅문은 딱히 주세력이라고 내세울 수 있는 게 없다. 나쁘게 말하면 여기저기에서 어중이떠중이가 모인 것이고, 좋게 말하면 여러 방면의 날고 기는 고수들이 모여서 최강을 이루었다고 할 수 있다.

영웅문이 지금의 모습이 된 데에는 크게 두 가지 이유를 꼽을 수 있다.

첫째는 인연이다. 영웅문의 문주이며 영웅문 전원의 존경을 한 몸에 받고 있는 구심점인 진천룡은 인연을 매우 중요하게 여기는 성격이다.

그는 어떤 형태로든 한번 인연이 맺어지면 무슨 일이 있어도 그것을 지키려고 하고 그것을 위해서라면 생사를 도외시할 정도다.

둘째는 필요에 의해서다. 인연도 중요하지만 영웅문의 여러 조직과 그 조직을 채우고 있는 인물 하나하나는 다 필요에 의해서 거두어졌었다.

그렇게 영웅문은 인연과 필요에 의해서 이루어진 거대 조직이 된 것이다.

그것이 바로 영웅문의 근원적인 힘이라고 할 수 있다. 다른 문파와 방파들은 거개가 이득과 실리를 목적으로 이루어졌으며, 소수가 명분을 목적으로 하고 있는 정도다.

그러므로 천하에 문파의 근원이 인연과 필요로 이루어진 문파는 단연코 영웅문 하나뿐일 것이다.

지금도 진천룡은 얼마 전까지 적이었던 요천사계의 아미와 칠오를 거두게 되었는데 그것이 바로 인연이다.

그리고 그녀들을 거둔 바에는 요긴하게 적시적소에 기용하자는 생각이 즉, 필요인 것이다.

부옥령은 눈을 빛내면서 진천룡을 바라보았다.

"아주 좋은 생각이에요."

훈용강과 현수란 등도 적잖이 감탄하는 표정을 지으며 고개를 끄떡였다.

"장차 요천사계하고 자주 싸워야 하는데 우리는 그쪽에 대해서 아는 바가 거의 없습니다."

"본문은 현재 전체 면적의 채 일 할도 못 쓰고 있어요. 꾸준히 쉬지 않고 전각을 짓고 운하를 파고 있으며 사람들도 계속 유입되고 있어요."

현수란은 숨을 고르고 말을 이었다.

"요인, 특히 요녀들을 선별하여 더 받아들이는 일은 바람직할 것 같아요. 요녀들은 비록 요천사계에 몸담고 있으나 어린 나이에 납치되어 오로지 요마술만을 익혔을 뿐이지 생각과 마음은 결코 요사스럽지 않아요. 그러므로 요녀들이 본문에 섞인다고 해도 문제 될 것은 없어요."

진천룡은 고개를 끄떡이며 부옥령에게 지시했다.

"네가 진행해라."

"네."

그때 구석 바닥에 무릎을 꿇고 앉아서 눈치를 보고 있던 방곤이 조심스럽게 입을 열었다.

"저……."

부옥령이 대수롭지 않은 듯 말했다.

"할 말이 있느냐?"

방곤은 눈동자를 굴려 청랑을 한 번 보고 나서 더욱 조심스럽게 말했다.

"저를 살려주신다는 약속 지키실 겁니까?"

"널 유용하게 쓸 수 있다고 했는데 어디에 쓰느냐?"

방곤은 목숨이 경각에 처한 상황에서도 주눅 들지 않고 목숨 줄을 쥐고 있는 부옥령과의 밀고 당기는 거래를 조금쯤 즐기는 것 같았다.

"아까 보시지 않았습니까?"

"요녀를 밝혀내는 것 말이냐?"

"그렇습니다. 그뿐만 아니라 저는 요마술을 간파해 낼 줄도 압니다."

방곤의 의기양양함에 부옥령이 찬물을 끼얹었다.

"요마술을 간파만 하고 파훼할 줄은 모르느냐?"

"그… 렇습니다."

방곤의 자신 없는 표정이 재미있는 듯 부옥령은 거기에 한마디를 더 얹었다.

"요녀들이 오면 네가 할 수 있는 것을 그녀들도 할 수 있는지 물어보고 나서 너의 거취를 결정하마."

"그건……."

방곤의 얼굴이 거멓게 변했다. 그가 할 수 있는 것을 요녀들이 못 할 리가 없기 때문이다.

"저… 는 그것 말고도 여러 가지 재주가 있습니다."

"말해라."

방곤은 다시 청랑을 힐끔 보고 나서 말했다.

"타의 추종을 불허하는 추적술(追跡術)이 있습니다."

"추적술?"

"그렇습니다."

"이를테면?"

방곤은 청랑을 가리켰다.

"제가 사매를 찾는 데 얼마나 걸렸는지 아십니까?"

"묻지 말고 말을 해라."

방곤은 찔끔했다.

"죄송합니다. 알아내는 데 이틀, 찾아오는 데 열흘, 도합 십이 일 걸렸습니다."

第百六十七章

불청객

진천룡과 부옥령은 조금 긴장했다.

"랑아가 있는 곳을 알아내는 데 이틀 걸렸다는 것이냐?"

"그렇습니다."

방곤은 십칠 세로 보이는 부옥령이 청랑을 '랑아'라고 부르는 것을 보고 그녀의 나이가 많을지도 모른다고 추측했다.

"그때 너는 어디에 있었느냐?"

부옥령은 그냥 지나가는 말처럼 물었다. 그녀가 관심을 보이면 방곤이 우쭐해질 것이기 때문이다.

그러면 칼자루는 그가 잡게 된다. 그가 비록 제압된 상황이라고 해도 말이다.

부옥령이 원하는 것을 그가 갖고 있는 한 곱게 죽이지는 못한다. 이것이 바로 거래의 묘미다.

"제남에 있었습니다."

부옥령은 고삐를 당겼다.

"랑아가 항주에 있다는 사실을 알고 출발했느냐?"

"그렇습니다."

"흠……."

방곤 정도의 경공이라면 산동성 제남에서 항주까지 오는 데 열흘쯤 걸렸을 것이다.

그는 항주에 도착하여 청랑이 어디에 있는지 알아냈으면서도 찾아오지 않고 항주 성내에서 머물고 있었다.

영웅문에 잠입하려고 여러 차례 시도했지만 그리 호락호락하지 않아서 성내에 머물며 다른 궁리를 하고 있었을 것이다.

그러던 중에 풍영당의 첩보망에 걸려들어 강제로 영웅문에 끌려와 지금 상황이 되었다.

그래서 지금 진천룡과 부옥령의 흥미를 끌고 있는 것은 방곤이 어떻게 청랑의 행방을 알아냈느냐는 것이다. 그것도 항주에서 이천오백여 리가 넘는 제남에서 말이다.

천면수라의 제자는 둘인데 청랑과 방곤이다. 그것은 진천룡과 부옥령, 그리고 방곤이 알고 있는 사실이고 기억을 잃은 청랑은 모르고 있다.

그러니까 천면수라와 그의 두 제자 청랑과 방곤은 그런 전무후무한 추적술을 알고 있다는 얘기다.

그러나 청랑은 모르고 있다. 아니, 기억을 하지 못한다. 그녀는 기억을 잃은 후부터는 기억이 필요한 무공은 일절 사용하지 못하고 있다.

그때 진천룡이 방곤에게 물었다.

"어느 누구라도 추적이 가능하느냐?"

방곤은 부옥령에게 했던 것보다 더 공손한 표정을 지었다.

"그렇습니다."

"추적을 하려면 무엇이 필요하느냐?"

"추적할 대상의 물건이면 가능합니다."

부옥령은 진천룡이 설옥군을 염두에 두고 방곤에게 묻는 것이라고 생각했다.

부옥령은 설옥군이 어디에 있을지 짐작한다. 성신도 아니면 천군성으로 갔을 것이다.

성신도 사람들은 잃어버린 설옥군의 기억을 회복시켰을 테고, 그러면 그녀는 당연히 천군성행을 선택했을 것이다. 부옥령이 알고 있는 설옥군이라면 그렇다.

절대로 사사로운 정에 이끌려서 영웅문으로 돌아오지는 않을 터이다.

어쩌면 그녀는 자신이 기억을 잃어버린 동안에 진천룡과 어설픈 사랑 놀음을 했다는 사실을 치욕스럽게 여길지도 모르는 일이다.

여러모로 봤을 때 지금 진천룡이 설옥군의 행방을 알아내서 성신도나 천군성으로 갈 상황이 아니다.

부옥령이 진천룡을 사랑하고 있기 때문에 그가 설옥군을 다시 만나는 것은 곤란하다는 얘기가 아니다.

무림이 돌아가는 판도로 봤을 때 진천룡이 이끌고 있는 영웅문은 천군성에게 적일 수가 있기 때문이다.

더구나 설옥군은 더 이상 진천룡을 정인으로 여기지 않을 텐데 그가 찾아가서 뭘 어쩌겠다는 말인가.

그렇다고 해도 부옥령으로서는 진천룡을 만류하는 것이 어렵고 조심스럽다.

진천룡은 설옥군을 찾을 수 있다는 희망을 품는 것 같다.

"추적할 상대가 해외(海外)에 있어도 가능하느냐?"

"그것은……."

방곤의 표정이 크게 흔들렸다.

"해외는 한 번도 해보지 않아서 확신할 수가 없습니다."

진천룡은 설옥군이 동해 바다 너머 성신도 사람이라는 부옥령의 말을 기억하고 있는 것이다.

진천룡은 미간을 찌푸렸다.

"추적할 사람을 알아내는 방법이 어떤 것이냐?"

"그것은……."

방곤은 머뭇거렸다.

"방법을 말하지 않는다면 네 말을 믿을 수가 없다."

그것은 곧 방곤이 쓸모없어진다는 뜻이다.

방곤은 다급한 얼굴로 말했다.

"증명할 수 있습니다……!"

"어떻게 한다는 것이냐?"

진천룡의 목소리에 불신이 묻어 있어서 방곤을 초조하게 만들었다.

"어떤 사람이라도 좋습니다. 그 사람의 물건을 저에게 주십시오. 늦어도 사흘 안에 알아내겠습니다. 단, 죽은 사람은 안 됩니다."

방곤은 진천룡을 쳐다보며 말했다.

"찾고자 하는 사람의 손길이 많이 닿은 물건일수록 효험이 좋습니다."

진천룡은 벌떡 일어나더니 휭하니 문으로 향했다.

"내가 가져다주마."

그는 쏜살같이 용림재로 쏘아갔다.

진천룡은 방곤에게 설옥군이 하루도 빠짐없이 자주 사용했던 술병을 갖다주었다.

청옥(青玉)과 홍옥(紅玉)이 절반씩 섞인 술병은 술 좋아하는 설옥군이 늘 품속이나 허리춤에 차고 다녔으니 이보다 더 그녀의 손길이 많이 닿은 물건이 없을 터이다.

술병을 받아 든 방곤은 자신 혼자만 머물 수 있는 거처를 달라고 했고 진청룡은 영웅통위대 내의 방 하나를 내주라고 했다.

부옥령이 아미에게 말했다.

"본문 내에서 조직 하나를 만들어보는 게 어떻겠느냐?"

아미와 칠오는 깜짝 놀랐다. 그 뒤에 서 있는 아미의 부친 현도무와 가족들도 크게 놀라는 표정이다.

아미는 눈을 커다랗게 뜨고 조심스럽게 물었다.

"어… 떤 조직이요?"

"본문은 요천사계를 전담하는 부서가 필요하다."

"네……."

칠오는 부옥령의 말을 오해했다.

"천첩들이 요천사계와 싸우는 것인가요?"

"그렇지 않다. 너희는 요천사계에 대한 정보 입수를 주 업무로 하게 된다."

아미와 칠오가 안도하는 표정을 짓는 것을 보고 부옥령이 말을 이었다.

"요천사계 사람을 끌어올 수 있느냐?"

아미는 자신 없는 얼굴로 대답했다.

"십여 명 정도는 되겠지만 더 이상은 무리예요."

십여 명으로는 부서 하나를 만들 수가 없다. 최소한 삼십 명 이상 되어야 한다.

칠오는 아미와 진천룡을 번갈아 보면서 조심스럽게 자신의 의견을 말했다.

"요인을 데려다주시면 천첩들이 설득할 수 있어요. 요인들은 전부 천첩들 같은 처지이기 때문에 가능해요."

"남녀 둘 다 가능하느냐?"

"요녀와 요랑(妖郞) 다 설득할 수 있어요. 따지고 보면 요랑들이 더 순진해요."

"알았다."

부옥령은 누구에게 요인들을 잡아 오라고 시킬지 실내를 둘러보았다.

부옥령과 시선이 마주친 훈용강이 공손히 말했다.

"제가 해보겠습니다."

"넌 영웅장로잖아."

"충혈당을 시키겠습니다."

부옥령은 고개를 끄떡였다.

"알았다. 네가 맡아라."

한편, 아미 뒤에 서 있는 현도무는 극도로 긴장하여 방금 말한 훈용강에게서 시선을 떼지 못하고 적잖이 놀라는 표정을 짓고 있었다.

훈용강은 현도무를 보며 빙그레 엷은 미소를 지었다.

"나를 알아보겠나?"

현도무 얼굴에 반가운 표정이 파도처럼 일렁거렸다.

"훈 형님이십니까……?"

훈용강은 고개를 끄떡였다.

"그래. 날세, 현 아우."

"맙소사… 정말 형님이셨군요……!"

현도무는 크게 기쁜 표정으로 앞으로 나오더니 훈용강에게 무릎을 꿇었다.

"현도무가 훈 형님을 뵈옵니다……!"

훈용강은 현도무에게 성큼성큼 다가가면서 무형지기로 그를 일으켜 세웠다.

"어서 일어나게."

둥실 파도를 탄 것 같은 느낌으로 일으켜진 현도무는 훈용강이 자신의 세 걸음 밖에서 걸어오는 모습을 발견하고 적잖이 놀랐다.

'이럴 수가… 훈 형님께서 접인신공을…….'

현도무가 알고 있는 훈용강은 고강하긴 했으나 이 정도까지는 아니었다.

훈용강은 현도무 옆에 서서 진천룡에게 소개를 했다.

"주군, 저와 현도무는 예전 우연한 기회에 호형호제하는 사이가 됐었습니다."

"그런가?"

진천룡이 고개를 끄떡이자 현도무가 진천룡에게 더없이 공손한 자세로 말했다.

"훈 형님께서 삼 년 전에 저희 용우검장을 위험에서 구해주신 적이 있습니다."

훈용강은 껄껄 웃으며 손을 내저었다.

"하하하! 사파 놈들이 용우검장을 괴롭히는 것을 말 몇 마디로 쫓아버렸을 뿐입니다!"

현도무는 감격하는 표정으로 말했다.

"훈 형님께서 꾸지람하셔서 사파고수들이 물러갔지만 덕분에 용우검장에 속한 오십여 명이 목숨을 건졌습니다. 저희에겐 하늘 같은 은혜였습니다……!"

갈증 때문에 움직이지 못하는 사람에게는 흘러가는 개울물도 한 그릇 떠주면 은혜라고 했는데, 하물며 인명을 오십여 명이나 구해주었으면 하늘 같은 은혜가 맞다.

삼 년 전이라면 훈용강이 진천룡을 만나기 전이라서 개과천선하지 않았을 때인데 그렇게 좋은 일을 했다는 것이 진천룡은 믿어지지 않았다.

"용강, 자네가 좋은 일을 하다니 뜻밖이야."

훈용강은 머쓱한 표정을 지었고, 현도무가 두 팔을 벌리며 그때 상황을 설명했다.

"그 당시에 사도방파인 흑창보(黑槍堡)의 소보주가 제 딸아이에게 흑심을 품고서 강제로 탈취하려고 쳐들어왔었는데 훈 형님 덕분에 살았습니다요!"

진천룡과 부옥령이 현도무 뒤쪽을 보니까 경국지색의 미녀가 다소곳이 서 있었다.

그녀가 그 당시에 흑창보가 강탈하려던 현도무의 큰딸인 것 같았다.

큰딸은 시선이 자신에게 집중되자 얼굴을 붉히며 공손히 인사했다.

"현소원(玄昭媛)이에요……."

진천룡과 부옥령은 어찌 된 일인지 대충 짐작할 수 있을 것 같았다.

훈용강 성격에 예쁜 여자가 강탈당하는 것은 죽어도 두 눈 뜨고 보지 못한다.

그래서 그녀를 구해주었는데 그렇게 좋은 일을 하고 나니까 사람들이 그를 훌륭한 대협이라고 떠받들듯이 칭송하는 바람에 그녀에게 못된 짓을 못 했을 것이다.

그 당시의 훈용강은 뒷구멍으로 음탕한 짓을 할지언정 대놓고 면전에서는 그러지 못했었다.

더구나 은혜를 입은 현도무가 깍듯하게 '형님'이라고 부르면서 융숭하게 대접을 했을 테니 훈용강 입장에서 어찌 현소원을 탐할 수 있었겠는가.

진천룡은 고개를 끄떡였다.

"용강, 요계의 새 부서를 자네 직속에 두게."

"주군, 그것은……."

훈용강은 움찔하더니 난감한 표정을 지었다.

"됐어. 잘 꾸려보게."

은조의 신령안이 예언한 그 일은 예상보다 일찍 진천룡에게 찾아왔다.

진천룡과 부옥령은 여느 때와 다름없이 침상에서 꼭 안은 채 자고 있었다.

진천룡은 똑바로 누운 자세였고 부옥령은 그의 팔을 베고 옆으로 누워서 팔과 다리는 그의 몸에 얹은 채 깊이 잠들어 있었다.

그런데 누군가 침상 앞에 서 있다. 컴컴한 어둠 속에 그 사람은 휘장 안의 진천룡과 부옥령을 묵묵히 응시하고 있는데 아무런 기척을 내지 않는다.

그때 매미 날개처럼 얇은 휘장이 저절로 위로 느릿하게 올라가는데 그 역시 추호의 기척이 없다.

부옥령은 반로환동의 경지에 이르렀으며, 진천룡도 그에 버금가는 초극고수인데 아무런 기척을 감지하지 못한다는 것은 침입자가 두 사람보다 고수이거나 어떤 신적인 수법을 사용하고 있다는 뜻이다.

침상 앞에 서 있는 인물이 조용히 말했다.

"일어나라."

그 한마디에 진천룡과 부옥령은 번쩍 눈을 떴다.

두 사람은 침상에서 네 걸음 거리에 한 사람이 우뚝 서 있는 모습을 발견했지만 놀라지는 않고 그저 눈살을 살짝 찌푸렸을 뿐이다.

*　　　*　　　*

실내는 불빛이 하나도 없이 캄캄하지만 진천룡과 부옥령은 서 있는 사람의 모습을 또렷이 볼 수 있었다.

화사한 옷에 긴 치마를 입은 중년 여인은 고귀한 기품과 우아함이 얼굴과 온몸에서 넘쳐흘렀다.

부옥령은 중년 여인을 어디에선가 본 기억이 있는데 생각이 나질 않았다.

중년 여인이 조용한 목소리로 말했다.

"너희가 전광신수와 무정신수냐?"

그녀는 다 알고서 찾아온 것 같았다.

진천룡은 천천히 침상에서 두 발을 바닥에 내렸다.

"그렇소. 그대는 뉘시오?"

중년 여인은 눈을 조금 크게 떴다. 놀란 것이 아니라 재미있다는 표정이다.

그녀는 태어나서 이날까지 단 한 번도 자신을 '그대'라고 지칭하는 말을 들어본 적이 없었다.

그렇다고 기분이 나쁘지는 않았다. 뭐랄까, 신선한 충격이라고 하는 게 좋다.

중년 여인은 이상한 기분에 휩싸였다. 사람이란 이상한 환경이 되면 이상한 기분에 휩싸이게 마련이다.

"나는 화라연이다."

진천룡은 잠옷을 입은 채 일어섰고, 부옥령은 공력을 극도로 끌어올린 채 그의 옆에 묵묵히 서 있었다.

보통 강한 사람들은 어떤 상황에서도 위축되지 않고 스스로의 신분을 떳떳하게 밝히는 편이다.

부옥령은 화라연이라는 이름을 처음 들어보고 눈앞의 중년 여인을 어디선가 본 듯한데도 기억이 나지 않지만 분위기와 느낌상 그녀가 누군지 알 수 있을 것 같았다.

만약 화라연이 누군지 부옥령이 한눈에 알아보았다면 필시 크게 놀랐을 테고, 그것이 얼굴에 그대로 드러나서 화라연에게 들켰을 것이다.

부옥령이 아무리 내심을 감추려고 해도 화라연 같은 사람을 속이지는 못할 터이다.

화라연은 뒷짐을 지고 사근사근한 목소리로 말했다.

"너희 두 사람은 연인이냐?"

진천룡은 난데없이 침실까지 침입한 여자가 별걸 다 묻는다는 생각에 어이없는 표정을 지었다.

그런데 그가 막 뭐라고 말하려는데 뒤에서 부옥령이 급히 그의 엉덩이를 살짝 꼬집으며 자신이 말했다.

"그래요. 우린 연인이에요."

화라연은 가느다란 아미를 살짝 찡그렸다.

"정말이냐?"

그쯤 부옥령은 화라연이 누군지 알게 되었다.

'소저의 모친이시다…….'

화라연이 누군지 마른 모래에 습기가 스며들듯이 차츰차츰 알게 된 것이 부옥령으로서는 천만다행이다.

화라연이 누군지 깨달은 순간 부옥령은 그녀가 왜 이곳에 왔는지 이유를 깨달았다.

"우리가 연인이 아니라면 한 침상에서 서로 꼭 안고 잘 수 있겠어요?"

그것은 부옥령의 말이 맞다. 상식적으로 한 침상에서 서로 꼭 안고 자는 것은 연인들만의 특권이다.

화라연은 이 방에 처음 들어왔을 때 휘장 안 침상에 진천룡과 부옥령이 서로 꼭 안고 자는 모습을 보고 두 사람이 연인이라고 짐작했었다.

성신도의 충신인 화백은 영웅문에 다녀와서 전광신수와 무정신수가 연인 사이며 조만간 혼인할 것이며, 전광신수는 설옥군과 아무 관계도 아니라고 확신하듯이 말했었다.

그런데도 화라연이 영웅문에 직접 온 이유는 자신의 눈으로 확인을 하기 위해서였다.

사실 진천룡과 부옥령은 서로 끌어안고 잔 것이 아니라 부옥령이 일방적으로 진천룡을 안고 잔 것이지만 어쨌든 그런 행위는 연인이 아니면 불가능하다.

원래 술이 취하면 진천룡과 설옥군, 부옥령이 한 침상에서 뒤엉켜 잤었지만 화라연이 그런 걸 알 리가 없다.

부옥령은 화라연이 설옥군과 진천룡의 관계를 의심해서 직접 확인하러 온 것이라고 추측했다.

만약 진천룡이 설옥군의 연인이라는 사실을 알아낸다면 화라연은 그를 죽이고 말 것이다.

부옥령은 내심 안도의 한숨을 내쉬었다. 천하이대성역의 하나인 성신도와 악연을 맺어서 좋을 일이 없기 때문이다.

부옥령이 보니까 화라연은 진천룡과 부옥령이 연인 사이라는 것을 믿는 것 같았다.

화라연은 부옥령을 주의 깊게 오랫동안 응시했다. 그녀가 직접 보니까 과연 화백이 말한 것처럼 부옥령의 미모는 결코 설옥군에 뒤지지 않았다.

설옥군이 고결하고 청순하다면 부옥령은 그녀가 가지지 못한 정열적이고 요염한 아름다움을 지니고 있었다.

그런데 불똥은 전혀 예기치 않은 곳에서 튀었다.

"그대는 어떻게 들어왔소?"

진천룡이 화라연에게 불쑥 물은 것이다.

화라연은 표정의 변화 없이 진천룡을 응시했다.

"걸어서 왔다."

진천룡은 빙그레 미소 지었다.

"그게 아니라 진을 펼쳐놨는데 어떻게 뚫고 들어왔냐고 묻는 것이오."

보통 사람 같으면 이런 상황에 발끈하거나 짜증을 낼 텐데 진천룡은 상대를 푸근하게 만드는 미소를 짓는다. 그게 바로 그의 강점이다.

싸우게 되면 싸우더라도 그런 행동이 상대를 편안하게 만드는 것이다.

사실 화라연은 묻고 싶은 것이 하나 더 있었다. 바로 용림재 이 층에 펼쳐져 있는 북두은한진법에 대해서다.

"여기에 펼쳐놓은 진법이 북두은한진법이더냐?"

진천룡은 고개를 끄떡였다.

"그렇소."

진천룡과 부옥령이 자는 이 침실을 비롯하여 이 층의 여러 방에는 다른 여덟 명이 자고 있었는데 그들과 몇 개의 물건들이 북두은한진법의 방위에 따라 놓여 있었다.

그렇기 때문에 사람은커녕 개미 한 마리 들어오지 못하는데 화라연은 버젓이 들어와서 자고 있는 진천룡과 부옥령을 깨운 것이다.

진천룡은 화라연이 어떻게 북두은한진법을 아는지 그리고 그것을 파훼했는지가 궁금했다.

"그대는 북두은한진법을 알고 있소?"

화라연은 진천룡을 만나기 전에는 막연한 적대감을 품고 있었는데 시간이 흐를수록 적대감이 흐려지고 반대로 친근감이 새록새록 생겼다.

진천룡에게서 사람의 기분을 상하게 하는 느낌을 추호도 받지 않았기 때문이다.

화라연은 흐릿한 미소를 지었다. 북두은한진법을 만든 사람이 바로 그녀인데 그녀에게 그걸 아느냐고 물으니까 저절로 웃음이 났다.

"네 이름이 진천룡이냐?"

화라연은 진천룡이 묻는 말을 듣지 못한 것처럼 화제를 바꾸었다.

그런데도 진천룡은 조금이라도 화를 내거나 기분 나쁜 표정을 짓지 않았다.

화라연이 어머니 나이 또래이기 때문이다. 어른에게는 무조건 공경해야 한다는 기본적인 상식이 그의 마음에 깊이 각인되어 있다.

"그렇소."

"너 군아를 아느냐?"

화라연은 기억을 잃은 설옥군을 진천룡이 자상하게 돌봐주었다는 화백의 말을 이제는 믿는다. 그래서 그가 고맙게 여겨진 것이다.

화라연은 진천룡의 눈이 빛나는 것을 보았다.

"군아라니… 혹시 설옥군을 말하는 것이오?"

"그렇다."

진천룡은 크게 흥분한 탓에 부옥령이 자신의 허리와 엉덩이를 마구 꼬집는 것조차 전혀 느끼지 못했다.

"그대가 설옥군을 어떻게 아는 것이오?"

화라연은 진천룡이 생각했던 것보다 더 흥분하고 있다는 생각이 들었다.

부옥령은 꼬집어도 안 되니까 최후의 수단으로 자신이 직접 치고 들어갔다.

"이제 보니 군 매를 잘 아는 분이시군요?"

화라연은 부옥령을 힐끗 보고는 다시 진천룡을 보면서 지나가는 말처럼 물었다.

"군아를 사랑하느냐?"

"……!"

부옥령은 번갯불이 머리를 관통하는 충격을 받았다. 설마 화라연이 그렇게 물을 것이라고는 예상하지 못했다.

진천룡은 고개를 크게 끄떡이려고 하면서 마치 환호하며 만세라도 부를 것처럼 입을 벌렸다.

그 순간 부옥령이 바락 소리쳤다.

"미쳤어요? 용 랑이 왜 군 매를 사랑해요?"

그러면서 진천룡 허리에 닿은 그녀의 손바닥에서 찌릿한 진기가 뿜어졌다.

"……!"

영특함의 최고봉에 올라 있는 화라연은 부옥령의 얼굴을 뚫어지게 주시하며 그녀의 진의를 알아내려고 했다.

부옥령은 진천룡의 팔을 두 팔로 당겨 가슴에 안으면서 화라연에게 쏘아붙였다.

"우린 곧 혼인할 사이인데 어째서 그런 말을 하는 거죠? 군매는 단지 친구였을 뿐이에요!"

그렇게 말하면서 부옥령은 은조의 신령안으로 미리 본 위험이 바로 화라연이었다는 사실을 깨달았다.

부옥령은 진천룡에게 전음을 하지 않았다. 화라연 정도의 절대고수라면 전음을 가로채서 듣는 것쯤은 손쉬운 일이기 때문이다.

화라연은 기세등등한 표정의 부옥령에게서 이상한 점을 발견하지 못했다.

그래서 화라연은 진천룡을 보면서 진지한 표정으로 말했다.

"나는 군아의 할머니다."

"아……."

진천룡은 눈을 휘둥그렇게 뜨면서 놀랐다.

"서… 설옥군의 할머니십니까?"

"그렇다."

부옥령은 상황이 뭔가 심상치 않게 돌아가고 있음을 감지했지만 자신이 끼어들 기회를 잡지 못했다.

화라연이 자신의 신분을 밝히는데 부옥령이 끼어드는 것은 외려 의심을 살 뿐이다.

"저… 정말 군 매의 할머니세요?"

그래서 부옥령이 기껏 그렇게 물었지만 화라연은 그녀를 쳐다보지도 않았다.

화라연은 진천룡을 응시하며 눈도 깜빡이지 않은 채 진지하게 말했다.

"지금 내가 묻는 말은 매우 중요하다. 너는 잘 대답해야만 할 것이다."

진천룡은 진지하면서도 공손한 태도를 보였다.

"알겠습니다."

"군아를 사랑하느냐?"

진천룡은 의아한 표정을 지었다.

"설옥군이라는 이름을 어떻게 아십니까?"

화라연은 아미를 살짝 찌푸렸다.

"내가 지어준 이름인데 어찌 모르겠느냐?"

진천룡은 어리둥절한 얼굴로 부옥령을 쳐다보았다.

"령아, 설옥군이라는 이름은 내가 지어주지 않았어?"

"네."

대답을 하면서도 부옥령은 지금의 난국을 벗어날 좋은 방법을 궁리하느라 전전긍긍했다.

진천룡은 화라연을 보면서 벙긋 웃었다.

"제가 얼렁뚱땅 지어준 이름이 옥군의 본명이었다니 정말 신기하군요."

화라연은 진천룡의 뒤통수를 치기로 했다.

"너는 군아를 사랑하지 않는 모양이로군? 대답을 하지 않는 것을 보니까."

부옥령은 날카롭게 외쳤다.

"당신 미쳤어요? 왜 자꾸 이 사람에게 군 매를 사랑하느냐고 묻는 거죠?"

"령아, 가만히 있어라."

그런데 전혀 뜻밖에 진천룡이 부옥령에게 손을 뻗으며 조용히 하라는 손짓을 해 보였다.

그러고는 화라연을 보며 정중하면서도 진지하게 말했다.

"저는 옥군을 사랑하고 있습니다."

화라연은 쳐다보지도 않고 손가락으로 부옥령을 가리키며 물었다.

"이 아이하고 군아하고 둘 중에 누굴 더 사랑하느냐?"

부옥령이 빽 소리쳤다.

"그걸 말이라고 해요? 당연히 나를 더 사랑하죠! 이 사람은 군 매를 단지 동료로서 좋아할 뿐이라고요!"

진천룡과 화라연 두 사람 다 부옥령에게는 눈길조차 주지 않았고 서로를 응시하기만 했다.

부옥령은 흡사 혼자 깊은 산중에서 절규하고 있는 듯한 느낌을 받았다.

고요함 속에서 진천룡의 조용한 목소리가 매우 엄숙하게 흘러나왔다.

"저는 단 한 사람 옥군만을 사랑하고 있습니다. 령아는 단지 동료로서 좋아하는 것입니다."

"흠… 그렇다는 말이지?"

화라연은 뒷짐 지고 있던 손을 풀면서 흘러내리지도 않은 머리카락을 쓰다듬었다.

부옥령은 극도로 긴장해서 눈을 깜빡이지 않은 채 화라연을 주시했다.

화라연은 두 손으로 머리를 매만지면서 턱으로 부옥령을 가리켰다.

"령아라는 것은 이 아이를 말하는 거지?"

"그렇습니다. 이 사람 이름은 부옥령입니다."

화라연의 눈에 재미있다는 눈빛이 일렁거렸다.

"호오… 그래?"

부옥령은 화라연이 자신의 이름을 모르고 있기를 간절하게 빌었다.

하지만 지금 화라연의 표정은 무엇을 뜻하는가. 그녀의 얼굴은 누가 봐도 '요것 봐라?' 하는 표정이다.

第百六十八章

부옥령의 도발

화라연은 부옥령이라는 이름을 듣는 순간 그녀가 누군지 알아본 것이 분명하다.

화라연이 알고 있는 부옥령은 사십 대였지만 지금은 십칠팔 세 남짓의 소녀다.

그러나 반로환동의 경지에 오르거나 주안술을 터득하면 누구라도 젊어질 수 있다.

화라연 자신도 현재 팔십여 세의 나이인데 겉으로는 오십 대로 보이지 않는가.

하지만 그녀의 관심사는 진천룡뿐이라서 부옥령에겐 단지 눈길 한 번 슬쩍 주고 말았다.

"군아를 사랑한다는 말이렸다?"

진천룡은 공손히 고개를 숙였다.

"그렇습니다, 할머님. 그런데 옥군은 지금 어디에 있습니까?"

부옥령은 바짝 긴장하여 두 팔로 잡아 가슴에 안은 진천룡의 팔을 가만히 풀었다.

어느 순간 느닷없이 공격이나 반격을 할 수도 있을 것이기 때문이다.

화라연이 대답 없이 바라보기만 하자 진천룡이 다시 물었다.

"옥군은 잘 있습니까?"

진천룡의 물음에 화라연은 물음으로 대답했다.

"군아의 신분을 알고 있느냐?"

"성신도 사람입니까?"

화라연은 고개를 끄떡였다.

"잘 알고 있구나."

그녀는 자상한 눈빛으로 말했다.

"네가 예뻐서 하는 말이니까 잘 들어라."

"말씀하십시오."

그녀는 진천룡이 무척 예뻐져서 죽이고 싶지 않아졌다. 진천룡이 무례하고 버릇없는 놈이었다면 보자마자 죽이고 싶었을 것이다.

그러나 그와는 반대로 아주 싹싹하고 예의 바른 데다가 화라연이 좋아하는 인상을 갖고 있어서 짧은 시간인데도 친근감이 생겼다.

화라연 같은 성격의 사람에겐 절대로 있을 수 없는 일이 일어난 것이다.

"지금 이 시각부터 군아를 사랑하지 마라."

"……!"

진천룡은 일순간 무슨 뜻인지 몰라서 멍한 얼굴로 눈만 껌뻑거렸다.

화라연은 온화하게 말했다.

"알겠느냐?"

진천룡은 빠르게 정신을 수습하고 화라연에게 물었다.

"옥군을 사랑하지 말라고 말씀하셨습니까?"

"오냐. 그렇다."

"이유가 무엇입니까?"

화라연은 잠시 진천룡을 응시하다가 대답했다.

"군아는 오래지 않아서 성신도의 도주가 될 것이다."

진천룡은 묵묵히 듣기만 했으나 내심은 복잡하기 이를 데 없었다.

그는 자신이 어째서 설옥군을 사랑하면 안 되는지 그 이유가 궁금했다.

"그리고 이 나라 대명제국의 황비(皇妃)가 될 몸이다."

진천룡은 전혀 예상하지 않았던 말에 놀라서 저절로 입이 벌어지고 눈이 커졌다.

"황비라고요……?"

"그래, 군아의 정혼자는 대명제국의 효성태자다."

'효성태자'라는 말에 진천룡은 뒤통수를 한 대 얻어맞은 듯한 충격을 받고 멍해졌다.

그는 얼마 전에 효성태자가 자신을 만나게 해달라면서 불쑥 찾아왔던 것을 기억하고 있다.

그때 부옥령은 자신이 처리할 테니까 맡겨달라 했었고, 그것으로 효성태자에 대한 일은 끝났었고 진천룡의 뇌리에서 사라졌다.

그런데 화라연의 말에 의하면 설옥군의 정혼자가 효성태자라는 것이다.

그렇다면 그때 효성태자는 아무 이유 없이 영웅문에 온 것이 아니라 정혼녀인 설옥군을 만나러 왔던 것이다.

진천룡은 믿을 수 없다는 표정을 지으며 이끌리듯이 부옥령을 쳐다보았다.

그러나 부옥령은 단단한 표정을 짓고 있었다. 말은 하지 않았으나 그녀의 표정은 '주군, 절대 흔들리면 안 돼요.'라고 힘주어 외치고 있었다.

'그래……!'

일의 전말이 어찌 됐든 지금 이 상황에서 진천룡이 믿을 사람은 화라연이 아니라 부옥령이다.

지금 이 상황에서 진천룡과 부옥령의 자중지란이 일어나면 죽도 밥도 안 되는 것이다.

진천룡은 빠르게 냉정을 되찾고 차분한 표정으로 화라연을 바라보았다.

화라연은 온화한 미소를 지었다. 이쯤 얘기했으면 알아듣고 알아서 물러나라는 종용의 미소다.

"그러니까 너는 헛물켜지 말고 이쯤에서 물러나라."

진천룡은 단호하게 잘라 말했다.

"싫습니다."

"싫어……?"

화라연은 진천룡을 만난 이후 처음으로 그가 못마땅하다는 듯 얼굴을 찌푸렸다.

그녀는 조금만 더 참아보기로 했다.

"싫으면 어쩔 테냐?"

화라연이 지금까지 진천룡의 고분고분한 면을 보았다면 이제부터는 그의 전혀 다른 면, 강하다 못해 굽힐 줄 몰라 차라리 부러지는 면을 보게 될 것이다.

진천룡은 화라연을 똑바로 주시하면서 한 자 한 자 또박또박 말했다.

"옥군을 포기하지 않을 겁니다."

부옥령은 한바탕 싸움이 불가피하다고 판단하여 만반의 태세를 갖추었다.

화라연의 얼굴에 냉기가 돌기 시작했다. 하지만 그녀는 한

번 더 참아주기로 했다.

"군아에게 누가 더 어울린다고 생각하느냐? 대명제국의 태자겠느냐? 아니면 너 같은 시골 무지렁이냐?"

그 말에도 진천룡은 모욕감을 느끼지 않았다. 대신 가슴을 내밀고 어깨에 힘을 주며 당당하게 말했다.

"옥군에게는 제가 더 어울립니다."

"허헛……!"

화라연은 노골적으로 비웃는 듯한 웃음을 흘렸다.

"그따위 어림 반 푼어치도 없는 자신감은 대체 어디에서 나온 것이냐?"

진천룡은 갈수록 조금씩 더 당당해졌다.

"효성태자보다는 제가 더 낫기 때문입니다."

화라연은 어이없다는 표정을 지었다.

"너… 효성태자를 보기나 했느냐?"

"직접 본 적은 없지만 본문에 왔을 때 가까이에서 그를 느낄 수는 있었습니다."

화라연은 조금 놀라는 표정을 지었다.

"효성태자가 여기에 왔었다고……?"

"그렇습니다."

그랬다가 곧 고개를 끄떡였다.

"그렇지, 그는 군아가 여기에 있다는 사실을 알고 만나러 왔던 것이로군."

"효성태자가 가진 것이라곤 대명제국의 태자라는 신분 하나 뿐입니다."

"그거면 최고 아닌가? 천하에 그보다 더 훌륭한 신랑감이 어디에 있겠느냐?"

"훗, 그건 아니죠."

진천룡은 가볍게 코웃음을 쳤다.

"무슨 뜻이냐?"

진천룡의 몸에서 은은한 광채가 빛나는 것 같았다.

"어부에겐 큰 물고기를 잡은 사람이 최고이고, 농사꾼에겐 전답 많은 사람이 최고이듯, 무림에선 싸움 잘하는 사람이 최고입니다."

화라연은 진천룡의 말뜻을 알아듣고 피식 웃었다.

"네가 일대일로 싸워서 효성태자를 이길 수 있다고 해도 그의 뒤에는 대명제국이 있다."

진천룡은 끄떡도 하지 않고 어깨를 으쓱해 보이며 빙그레 미소 지었다.

"제 뒤에는 영웅문이 있습니다."

"뭐라?"

화라연은 어이없다는 표정을 지었다. 감히 시골구석의 영웅문 따위를 대명제국에 비교하느냐는 뜻이다.

"하하하하하!"

화라연은 고개를 젖히고 상체를 흔들면서 가소로움이 가득 담긴 교소를 터뜨렸다.

진천룡은 뺨을 씰룩거리며 그녀를 쏘아보았다. 그는 화를 내지 않으려고 했는데 화가 저절로 났다.

비웃음이 가득 담긴 화라연의 웃음소리를 듣고도 화가 나지 않는다면 그야말로 얼빠진 놈일 것이다. 지금은 이성보다는 감정이 그를 지배했다.

화라연이 웃음을 그치기를 기다렸다가 진천룡은 화를 감추려고도 하지 않고 나직이 말했다.

"뭐가 웃깁니까?"

화라연은 거침없이 말했다.

"지렁이가 꿈틀거리는 것이 가소로워서 웃었다."

"내가 지렁이면 효성태자는 뭡니까?"

화라연의 얼굴에 웃음기가 일렁거렸다.

"그야 천룡이지."

"효성태자 뒤에 대명제국이 있기 때문에 그가 천룡이라는 것입니까?"

"당연하지."

그때 부옥령이 한마디 했다.

"제가 효성태자에게 용기 있으면 대명제국이 영웅문하고 한번 붙어보자고 그랬어요."

부옥령은 잠자코 있으려 했으나 화라연이 진천룡을 짓뭉개는 것 때문에 배알이 뒤틀려서 견딜 수가 없었다.

더구나 진천룡이 화라연에게 무엇을 하려는 것인지 짐작하기에 말로나마 그를 돕고 싶었다.

화라연이 싸늘하게 부옥령을 쳐다보았다. 그래서? 하고 묻는 게 아니라 네까짓 게 대화에 감히 끼어드느냐고 꾸짖는 표정이었다.

부옥령은 개의치 않고 명랑한 어조로 말했다.

"그랬더니 태자가 꼬리를 말고 아무 소리 못 하더라고요."

"네가 그걸 말이라고 하는 것이냐?"

부옥령은 공손히 대꾸했다.

"그럼 제가 하는 것은 말이 아니고 말씀인가요?"

"너……."

부옥령은 내친김에 아예 쇠뿔도 단김에 빼야겠다고 마음먹었다. 그녀가 누군가. 무정신수 아닌가.

"제가 태자더러 그랬어요. 대명제국이 백만 대군을 영웅문에 보내면 그들이 항주에 도착하기도 전에 황제를 비롯한 황족 수백 명의 목이 잘릴 것이라고요."

화라연은 코웃음을 쳤다.

"허헛……! 개가 웃겠다."

"금혈마황과 요천여황, 그리고 동방장천도 그렇게 말했다가 혼비백산해서 도망쳤지요."

화라연은 자신과 같은 연배인 금혈마황과 요천여황을 당연히 알고 있다. 그리고 검황천문의 태문주인 동방장천을 모를 리가 없다.

알아보면 금세 알 수 있는 일이거늘 부옥령이 대놓고 거짓말을 할 리가 없다.

"그들이 너희와 싸우다가 도망쳤다는 말이냐?"

부옥령은 코를 치켜들며 조금 도도하게 말했다.

"이분이 요천여황을 죽인 후에 저와 군 매, 그리고 이분 세 사람이 합세하여 금혈마황과 동방장천을 저승 문턱까지 보냈었지요."

화라연은 처음으로 할 말을 잃었다.

그녀는 금혈마황과 싸워본 적이 없지만 그가 전대의 살인마였으며 우내십절보다 고수라는 사실은 잘 알고 있다.

싸워보지는 않았지만 금혈마황이 자신보다 잘해야 반 수 아래일 것이라고 가늠하는 화라연이다.

화라연은 '개가 웃겠다'라는 말이 쑥 들어갔다. 개가 아니라 그녀 자신도 웃지 못하는 상황이 됐다.

어쨌든 금혈마황과 싸워서 중상을 입히고 요천여황을 죽였다면 진천룡과 부옥령의 무위는 화라연에게는 못 미치더라도 그에 버금간다고 할 수 있을 것이다.

그때 문득 화라연은 부옥령이 자신에게 도발을 하고 있다는 사실을 깨달았다.

'이것들이…….'

부옥령은 화라연을 똑바로 주시하며 말했다.

"사랑이든 천하쟁패든 권력이든 뭐든지 그냥 내버려 두시고 당신께선 성신도에 돌아가셔서 가만히 칩거하세요. 그게 만인을 위해서 좋아요."

"감히……."

"생각해 보세요. 대명제국도 두려워하지 않는 우리가 성신도를 두려워하겠어요?"

진천룡은 머릿속이 환하게 밝아지는 것을 느꼈다. 그는 조금 전에 화라연에게 그 말을 하고 싶었는데 생각이 나지 않아서 답답했었다.

부옥령은 내친김에 할 말을 다 하고 싶었다.

"그냥 아무 말씀 하지 마시고 이대로 돌아가세요."

화라연은 차분하게 말했다.

"너는 나를 누구라고 생각하는 것이냐?"

"성신도의 대도주시라고 알고 있어요."

화라연을 턱을 가볍게 떨었다.

"그걸 알면서 내게 감히 이런 말을 하는 것이냐?"

"우린……."

부옥령은 무언가 엄숙한 말을 하려는 듯 자세를 똑바로 하고 말을 이었다.

"영웅문은 성신도보다 더 위대하고 강합니다."

"……!"

화라연은 어? 하는 표정을 지었다.

반면에 진천룡은 뭔가 시뻘겋게 불에 달군 인두로 심장을 푹! 찌른 것 같은 엄청난 충격을 받았다.

방금 부옥령이 말한 그 영웅문이 바로 그의 소유이고, 그가 영웅문의 문주인 것이다.

부옥령이 마지막 일침을 가했다.

"당신이 제아무리 성신도의 대도주이고 군 매의 할머님이라고 해도 여기 계신 이분을 더 이상 핍박한다면 절대로 좌시하지 않겠어요."

"너……."

뭐라고 할 새도 없이 부옥령의 입에서 거침없는 말이 쏟아져 나오자 화라연은 누군가에게 뒷목을 잡힌 듯한 표정을 지으며 말을 잇지 못했다.

* * *

부옥령은 화라연이 진천룡을 쥐 잡듯이 핍박하는 것을 보고 분을 참지 못한 것이다.

부옥령에게 진천룡은 하늘 그 이상의 존재인데 화라연이 그를 다그치고 쥐락펴락하는 것이 견딜 수 없었다.

부옥령으로서는 그걸 보느니 차라리 고문을 당하는 편이 더 편할 터이다.

화라연으로서는 너무 어이가 없고 기가 막혀서 말이 나오지 않을 지경이다.

사실 화라연은 부옥령을 기르는 개 정도로밖에는 생각하지 않는다.

그녀의 손녀인 설옥군이 성주로 있는 천군성의 좌호법인 부옥령 같은 존재는 기르는 개 그 이상도 그 이하도 아닌 별 볼일 없는 존재다.

그런데 그 개가 주인을 향해서 이빨을 드러내고 사납게 짖어대고 있으니 주인으로서는 기가 막히지 않겠는가.

"너… 무얼 잘못 먹었느냐?"

"무슨 말씀인가요?"

화라연은 부옥령이 창으로 찔러도 들어가지 않을 것 같은 표정을 짓는 걸 보고 가소로운 생각이 불끈 들었다.

이럴 때는 구구한 말보다는 한 대의 따가운 채찍이 더 유용한 법이다.

"죽고 싶은 게냐?"

"죽여보시죠."

그 순간 화라연의 눈에서 살기가 번뜩이는 것을 진천룡과 부옥령은 발견했다.

스읏!

예비 동작이나 어떤 징조도 없이 너무도 갑작스럽게 화라연의 공격이 시작됐다.

진천룡과 부옥령은 화라연의 급습에 만반의 준비를 하고 있었는데도 허를 찔렸다. 그 정도로 화라연의 공격이 신속했던 것이다.

탓!

진천룡은 왼손으로 부옥령을 옆으로 밀쳐내면서 오른손을 화라연을 향해 뻗었다.

지금 이 순간에는 화라연이 설옥군의 할머니라는 사실 따윈 생각나지도 않았다.

만약 이 자리에 부옥령이 없었다면 진천룡은 화라연을 깍듯하게 존중했을 것이지만 지금은 부옥령이 위기에 처한 순간이라서 이성을 잃었다.

위이잉!

화라연의 손에서 뿜어진 무형강기가 어마어마한 위력으로 부옥령을 향해 쏘아갔다.

모르긴 해도 그 무형강기는 수만 근 바위를 가루로 만들 가공한 위력이 실렸을 터이다.

진천룡과 부옥령은 화라연이 발출한 무형강기를 접하는 순간 뇌리를 스치는 한 가지, 그녀가 금혈마황보다 한 수 위 고수라는 사실을 직감했다.

진천룡의 왼손이 어깨를 밀자 부옥령은 왼쪽으로 반 장쯤 밀려가면서 화라연의 사정권에서 벗어났다.

화라연의 무형강기는 허탕을 치지 않고 중도에서 방향을 급속하게 틀어 진천룡에게 향했다.

진천룡은 화라연을 향해 오른손을 뻗고 있었으므로 두 사람의 공격이 자연스럽게 격돌했다.

꽈릉!

"흐윽!"

진천룡은 만 근 바위가 가슴을 짓이기는 듯한 무지막지한 충격을 받고 뒤로 붕 날아갔다.

화라연은 퉁겨 날아가는 진천룡의 안색이 창백해졌을 뿐 큰 충격을 받지 않은 것을 확인하고 인상을 썼다.

화라연은 살심이 크게 일어서 그림자처럼 그를 뒤따르며 두 번째 무형강을 뿜었다.

그냥 죽여 버리면 간단한 일인데 어린놈에게 이것저것 구구절절 설명하면서 설득하려고 했던 것이 어리석었다는 생각이 들었다.

화라연은 이번에는 아예 끝장을 내려고 성신도의 최종절학인 오극성궁력을 발출했다.

드오오—!

오극성궁력은 발휘하기 전에 온몸에서 오색의 운무가 피어나는 특색이 있다.

그런데 지금은 화라연이 얼마나 빠르게 오극성궁력을 발출했는지 오색의 운무가 그녀의 몸이 아니라 일직선으로 뿜어지고 있는 신력(神力)의 둘레에 휘감겨 있었다. 다섯 색깔의 운무가 둥글게 신력을 감싼 광경이다.

밀려났던 부옥령은 정신이 번쩍 들어서 앞뒤 가릴 것 없이 진천룡을 향해 몸을 날리면서 화라연에게 전력으로 일장을 뿜어냈다.

부옥령은 화라연이 발출한 것이 무엇인지는 모르겠지만 성신도의 절학일 것이라고 직감했다.

뒤로 날려가는 진천룡은 등이 침상 기둥에 닿기 직전에 몸을 바로 세우고 멈추면서 뒤늦게 화라연을 향해 오른손 장심을 활짝 펼쳤다.

번쩍!

그 순간 그의 장심에서 시뻘건 핏빛 광채 한 줄기가 눈부시게 뿜어졌다.

설옥군이 그에게 가르쳐 준 성신도의 절학 적멸광이다.

적멸광을 본 화라연의 눈이 조금 커졌다. 그녀는 설마 진천룡이 적멸광을 전개할 것이라고 추호도 예상하지 못했었다.

'이놈!'

분노한 화라연은 칠 성이었던 공력에 나머지 공력까지 모조리 주입시켰다.

부옥령은 조금 안도했다. 화라연의 오색운무에 둘러싸인 신력이 진천룡에게 닿기 전에 자신의 공격이 그녀에게 먼저 도달할 것이기 때문이다.

후우웅!

그런데 그때 부옥령 머리 위에서 한 줄기 강맹한 기운이 수직으로 내리꽂혔다.

"……!"

부옥령은 위를 올려다보지도 못한 채 그 공격에 최소한 오 기조원 이상의 공력이 실렸음을 감지했다.

부옥령은 반사적으로 화라연에게 발출했던 공격을 허공으로 전환했다.

다음 순간 두 개의 각기 다른 폭음이 터졌다.

콰쾅!

쩌르릉!

"크악!"

부옥령은 가슴이 은은히 진동하는 중에 진천룡의 처절한 비명을 들었다.

콰작!

부옥령과 격돌한 허공의 상대가 천장을 뚫고 쏜살같이 위로 퉁겨져 올라갔다.

일장을 격돌한 부옥령은 상대가 자신보다 한 수 아래라는 것을 깨달았다.

그녀는 다급히 진천룡을 쳐다보았다. 그는 침상을 부수며 바닥에 내동댕이쳐지고 있었다.

쿠당탕!

"으윽……."

진천룡은 구석에 처박혔다가 퉁기듯이 벌떡 일어나며 무의

식적으로 화라연에게 적멸광을 뿜어냈다.

번쩍!

그러나 화라연은 이미 진천룡을 덮쳐가면서 오극성궁력을 발출하고 있었다.

그러므로 적멸광이 아무리 빠르다고 해도 화라연의 오극성궁력보다 늦을 수밖에 없다.

더구나 화라연은 덮쳐오는 도중에 방향을 슬쩍 틀어서 진천룡의 적멸광을 무위로 흘려 버리려 시도했다.

그렇게 되면 이번에는 두 개의 공격이 격돌하는 것이 아니라 일방적으로 오극성궁력이 진천룡의 맨몸을 짓이겨 버리고 말 것이다.

진천룡이 두 번의 공격을 잘 버텼지만 이번 세 번째에는 목숨을 잃게 될지도 모른다.

마음이 급해진 부옥령은 눈앞이 하얘지면서 아무것도 생각할 수가 없었다.

'안 돼!'

그 순간 부옥령은 접간공리(摺間空離)를 전개했다.

스으으…….

그 자리에서 부옥령의 모습이 흐릿해지더니 다음 순간 진천룡 앞에 흐릿하게 나타났다.

접간공리는 최상승의 보행신법(步行身法)으로 내가 있는 곳에서 가고자 하는 지점까지의 거리까지 공간을 접어서 이동하는 방법이다.

이 방법은 그냥 경공이나 신법을 전개하는 것에 비해 두 배에서 세 배까지 빠르게 그리고 아무리 멀어도 순식간에 이동할 수가 있다.

부옥령은 접간공리를 전개하는 것과 동시에 화라연이 쏘아오고 있는 방향을 향해 손을 뻗으며 강기를 발출했다. 그러나 경황 중이라 오 성의 공력밖에 주입되지 않았다.

진천룡은 느닷없이 자신의 앞을 누군가가 가로막는 순간 바로 부옥령이라고 판단했다. 그럴 사람은 부옥령뿐이기 때문이었다.

진천룡과 부옥령의 거리는 한 자에 불과했기에 그는 부지중에 손바닥을 그녀의 등에 댔다.

그러고는 자신의 공력을 그녀의 체내로 할 수 있는 한 많이 주입했다.

부우욱…….

부옥령의 몸에서 기이한 음향이 흐르는가 싶더니 두 개의 공격이 격돌했다.

쿠웅…….

부옥령과 화라연 사이의 바닥이 꺼지면서 천장이 날아가고 양쪽의 벽이 지푸라기처럼 찢어져 날아갔다.

빠걱…….

"끅……."

그 순간 부옥령의 목이 옆으로 꺾이면서 뭔가 부러지는 음향이 터졌다.

진천룡은 부옥령의 목이 꺾이면서 자신의 오른쪽 어깨에 걸쳐지자 목청이 찢어질 듯 절규를 터뜨렸다.

"령아—!"

그때 진천룡은 뻥 뚫린 천장 가장자리에 누군가 서서 아래를 굽어보고 있는 것을 발견했다.

그 사람은 일신에 자색의 상의와 치마를 입고 있으며 사십대 중반의 여인이었다.

조금 전에 부옥령을 공격했다가 반탄력에 튕겨져서 천장을 뚫고 날아가 버렸던 그녀가 돌아와 뚫린 천장을 통해서 재차 부옥령을 공격했던 것이다.

자색 옷을 입은 여자는 화라연과 같이 온 최측근 자운인데, 화라연이 위기에 처한 것 같아서 합공을 하며 힘을 보탰다.

자운을 발견한 진천룡의 눈에 광기가 번뜩이고 드러낸 이빨 사이로 짐승의 으르렁거리는 듯한 소리가 새어 나왔다.

"이런 개같은 년!"

그는 왼팔로 부옥령을 안은 채 오른손에 순정강기를 최대한 주입하여 자운에게 적멸광을 발출했다.

키유웅!

적멸광은 원래 핏빛인데 순정강기가 주입되자 핏빛과 금광이 뒤섞인 광채가 되어 수직으로 뿜어졌다.

"……!"

자운은 움찔 놀라며 표정이 변했다. 그녀가 보고 있는 것은 적멸광이 분명한데 핏빛이 아니기 때문이다.

적멸광은 그녀도 익혔기 때문에 너무도 잘 알고 있지만 이것은 뭔가 이상했다.

자운은 슬쩍 뒤로 상체를 젖혔다. 그녀도 적멸광을 익혔기에 이 기술이 어떤 기술인지 정확히 파악하고 있었다. 이 정도 상체를 젖히면 충분히 피할 수 있을 것이라고 판단했다.

그러면서 그녀는 이걸 피하고 나서 조금 전의 격돌로 뒤로 퉁겨진 화라연에게 가봐야겠다고 생각했다.

퍼어…….

"악!"

자운은 왼쪽 어깨와 턱이 찢어지는 통증에 뾰족한 비명을 터뜨렸다.

이 정도면 충분하다고 예상했었지만 그녀는 적멸광에 순정강기가 주입되어 속도가 조금 더 빨라졌다는 사실을 모르고 있었다.

천장이 뻥 뚫린 가장자리에 서 있는 그녀는 자신의 몸에서 왼팔이 뜯겨 나가고 짓이겨진 턱에서 뿜어진 핏물이 허공으로 솟구치고 있는 것을 보았다.

'어떻게 이런 일이…….'

그녀는 조금 전에 진천룡이 부옥령 등에 손바닥을 밀착시키는 것을 보았었다.

그 모습은 누가 봐도 진천룡이 부옥령에게 공력을 주입시키는 모습이었다.

그렇다고 해도 그 둘의 합공이 화라연을 물리칠 수 있을 것이라고는 생각하지 않았었다.

그런데 그게 빗나갔다. 둘의 합공과 격돌한 화라연은 뒤로 퉁겨져 벽을 뚫고 날아갔다.

그리고 자운 자신은 왼팔이 통째로 날아가고 턱의 삼 할이 부서졌다.

그때 자운은 진천룡이 자신을 향해 쏘아 오르는 것을 발견하고 모골이 송연해졌다.

그녀가 이런 섬뜩한 공포를 느껴보는 것은 태어나서 처음 있는 일이다.

시뻘겋게 눈알을 번뜩이며 반쯤 벌린 입안의 새하얀 이빨이 드러난 진천룡의 모습은 악마나 다름이 없었다.

자운은 자신의 팔 하나가 찢어져서 날아가고 턱이 짓이겨진 것보다 더한 공포를 느끼고 두 발로 힘껏 바닥을 박차 허공으로 치솟았다.

슈우웃!

얼마나 공포스러웠으면 그녀는 화라연에게 가봐야 한다는 사실마저도 망각했다.

진천룡은 자운을 쫓는 것을 그만두고 부옥령에게 돌아와

그녀 앞에 무릎을 꿇었다.

"령아……."

부옥령의 목은 완전히 오른쪽으로 꺾였는데 두 눈을 부릅뜨고 있으며 눈에 눈동자 없이 흰자위만 보였다.

진천룡은 제정신이 아니다. 화라연을 쫓을 생각 같은 것은 애당초 하지 않았다. 그보다는 부옥령의 생사를 확인하는 것이 우선이다.

"령아……."

부옥령에게서는 아무런 반응이 없다. 사람이 살아 있을 때 내는 그 어떤 징후도 보이지 않았다.

진천룡은 가슴이 새카맣게 타들어가고 온몸이 재가 되어 흩어지는 것만 같았다.

은조의 신령안은 이번에도 들어맞았다. 어쩌면 이토록 정확한지 이가 갈릴 정도다.

第百六十九章

생과 사

화라연의 공격이 너무도 갑작스럽게 일어났고 또 숨 쉴 틈 없이 이어지는 바람에 은조의 예언을 알고 있으면서도 대처하지 못했다.

그때 문이 부서질 듯이 열리며 청랑과 은조 측근들이 우르르 쏟아져 들어왔다.

"아앗! 주인님!"

"주군! 어떻게 된 겁니까?"

진천룡은 화라연이 날려가면서 벽에 뻥 뚫어진 구멍을 가리키며 핏발 선 눈으로 외쳤다.

"침입자를 잡아라! 어서!"

다른 사람들은 뚫어진 구멍을 통해서 밖으로 쏘아가는데 청랑과 은조는 목이 꺾인 부옥령을 보면서 어쩔 줄 모르고 발을 동동 굴렀다.

진천룡은 안고 있는 부옥령을 부들부들 떨리는 손으로 바닥에 조심스럽게 눕혔다.

부옥령이 잘못될까 봐 침상에 눕히지도 못했다. 그는 두 손으로 바닥을 짚은 채 그녀를 자세히 들여다보며 당황해서 어쩔 줄 몰랐다.

"령아……."

철석간장을 지닌 진천룡이지만 지금 일어난 일은 너무 큰 충격이었기에 당장 무엇을 어떻게 해야 할지 갈피를 잡지 못했다.

부옥령이 이런 상황이 돼서야 진천룡은 그녀가 자신에게 얼마나 소중한 존재인지 절실하게 깨달았다.

설옥군도 소중한 존재였으나 부옥령도 그에 지지 않는 절실한 존재였다.

설옥군은 사랑하는 여인이지만, 부옥령은 진천룡의 모든 것이라고 해도 과언이 아니다.

부옥령이 진천룡의 최측근이 된 이후부터 설옥군은 그를 그다지 가르치려고 들지 않았으며 그가 하는 일에도 개입하지 않고 부옥령에게 맡겨두었다.

그리고 설옥군이 한 일은 오로지 그와 달콤한 사랑만을 나누는 것이었다.

지켜보던 은조가 바락 소리를 질렀다.

"주인님! 지금 무엇 하시는 거예요? 어서 좌호법님을 살리셔야죠! 어서요!"

"아… 그, 그래……!"

그때 밖에서 요란한 폭음이 터졌다.

콰콰쾅! 퍼퍼펑!

"으악!"

"아악"

그와 동시에 비명이 들리자 진천룡은 그것이 훈용강과 소가연의 것이라고 직감했다.

진천룡과 부옥령, 그리고 청랑과 은조를 제외한 여섯 명이 밖에 달려 나갔는데도 그중에 훈용강과 소가연이 당했다는 것은 화라연이 아직 멀쩡하다는 방증이었다.

진천룡이 초조한 표정으로 벽에 뚫린 구멍을 쳐다보자 청랑과 은조가 구멍으로 쏘아가며 외쳤다.

"주인님께선 좌호법님을 살리세요!"

진천룡은 떨리는 손으로 부옥령의 맥을 짚어보았으나 맥이 뛰지 않았다.

그래서 그녀의 가슴에 귀를 대보는 가장 원초적인 방법을 해보았으나 심장 역시 뛰지 않았다.

그의 얼굴이 절망으로 물들었다.

"아아… 령아……."

그런데 그때 부옥령의 몸이 미미하게 꿈틀했다.

"……!"

진천룡은 한 가닥 가느다란 기대를 품고 그녀를 뚫어지게 주시했다.

꿈틀!

그러자 그녀의 몸이 다시 한번 방금 전보다 더 뚜렷하게 몸 전체가 움찔거렸다.

"아……."

진천룡은 흥분을 가라앉히고 조심스럽게 그녀의 가슴에 귀를 대보았다.

그녀의 심장이 매우 미약하고 느리지만 분명히 작은 울림으로 뛰고 있었다.

만약 부옥령이 죽었다면 진천룡으로서는 어떻게 해볼 방법이 없었다.

저승에 간 사람을 다시 이승으로 데리고 오는 희대의 고명한 수법인 회령반혼술은 설옥군만이 할 수 있을 뿐이지 진천룡은 흉내조차 내지 못한다.

회령반혼술은 이론으로 배우는 것이 아니라 순전히 능력으로 발휘하는 것이다.

진천룡은 부옥령의 꺾인 목 부위에 조심스럽게 손을 대고 순정기를 부드럽게 조금씩 주입했다.

일 각의 시간이 흘렀는데도 부옥령의 꺾인 목은 똑바로 펴

지지 않았다.

"령아……."

진천룡의 속은 바짝바짝 타들어갔다.

밖에서는 계속 싸우는 소리가 들려오고, 부옥령은 아무리 순정기를 주입해도 깨어나지 않았다.

진천룡은 잠시 손을 멈추고 궁리해 보기로 했다. 무작정 순정기를 주입한다고 해결될 일이 아닌 것 같았다.

'뭐가 잘못된 것인가……?'

그의 측근들이 극심한 중상을 입었을 때 그가 순정기를 주입해서 살리지 못한 사람이 한 명도 없었다.

그런데 부옥령은 살리지 못하고 있다. 가장 절실하게 살려야만 할 사람을 정작 살리지 못하고 있는 것이다.

저러다가 그냥 죽어버리는 것이 아닐지 가슴이 조마조마해서 미칠 지경이다.

진천룡은 초조함이 극에 달해서 얼굴을 잔뜩 찌푸린 채 부옥령을 굽어보았다.

'도대체 내가 무엇을 놓친 건가?'

부옥령을 살리려면 그가 지금 무엇을 간과하고 있는지를 깨달아야만 할 것이다.

그러나 아무리 생각해도 그게 대체 무엇인지 도무지 떠오르지가 않는다.

쾅!

그때 구멍이 뚫어진 쪽 벽이 아예 박살 나면서 누군가 안으로 뛰쳐 들어왔다.

진천룡은 다급히 공력을 끌어올려 두 손을 내밀면서 그자를 공격하려고 했다.

"이놈아!"

들어온 이는 다름 아닌 화라연이었다. 그녀는 두 팔에 누군가를 안은 채 진천룡 앞에서 멈추며 비통한 목소리로 외쳤다.

화라연은 진천룡을 쏘아보면서 외쳤다.

"네놈은 이 여자에게 무슨 짓을 한 것이냐?"

진천룡은 화라연 품에 안긴 채 눈을 감고 축 늘어져 있는 자운을 쳐다보면서 독한 표정으로 말했다.

그 순간 실내에 청랑과 은조, 현수란, 옥소 등 여섯 명이 들이닥치며 화라연을 포위했다.

진천룡은 그들에게 손을 들어서 공격하지 말라는 신호를 보내고 나서 비분강개한 표정을 지었다.

"그녀가 내 사람을 습격했기에 나도 반격을 했을 뿐이오! 그녀가 죽었다면 내 책임이 아니오!"

화라연은 바닥에 목이 완전히 꺾인 채 시체처럼 누워 있는 부옥령을 보며 착잡한 표정을 지었다가 잠시 후 착 가라앉은 표정으로 말했다.

"너는 이 아이에게 어떤 수법을 썼느냐?"

화라연은 사십 대의 자운을 '이 아이'라고 지칭했다.

그 순간 진천룡은 비로소 머릿속이 환해지는 것을 느끼며 화라연에게 반문했다.

"당신 수하는 이 사람에게 무슨 수법을 쓴 것이오? 혹시 독문수법이 아니오?"

화라연은 선선히 고개를 끄떡였다.

"그렇다. 자운은 본도의 특수 무공을 배웠기 때문에 그것에 적중된 사람은 일반적인 방법으로는 살리지 못한다."

그녀는 단언하듯이 말했다.

"무슨 수법이오?"

"수법이 아니라 본도의 성명심법인 오극성라심법이다."

진천룡은 그런 생소한 이름의 심법을 들어본 적조차 없다. 그는 부옥령이 오극성라심법으로 생성된 특수한 공력에 적중되었기 때문에 순정기만으로는 치료할 수 없는 것이라는 결론을 내렸다.

조금 전에 화라연은 훈용강을 비롯한 여섯 명과 싸우다가 그들 중 두 명 즉, 훈용강과 소가연을 쓰러뜨리고는 자운을 안고 급히 치료하려고 했었다.

그러나 자신의 진기가 자운의 몸에 주입조차 되지 않아서 치료가 불가능하자 그녀가 어떤 특수한 수법이나 공력에 당했을 것이라는 결론을 내린 것이다.

화라연은 차가운 표정으로 진천룡을 주시하며 물었다.

"너는 이 아이에게 대체 무슨 수법, 아니, 어떤 공력을 전개한 것이냐?"

진천룡은 고개를 절레절레 가로저었다.

"그것은 설명하기 어렵소."

그는 조금 전에 자운에게 순정강기를 발출해서 왼팔을 끊고 턱을 부수는 중상을 입혔는데 대체 그것을 몇 마디 말로 어떻게 설명할 수 있겠는가.

화라연은 눈을 세모꼴로 뜨고 싸늘하게 말했다.

"내가 너를 잘못 보았구나."

진천룡은 이맛살을 잔뜩 좁히고 물었다.

"무슨 말이오?"

그는 부옥령을 걱정하느라 화라연하고 길게 대화를 나누는 것조차 마뜩찮았다.

사실 화라연은 처음부터 진천룡이 마음에 들어서 얘기를 좋게 풀어나가려고 했었다.

"나는 저 아이가 무슨 공력에 당했는지 말해주었건만 너는 그조차도 숨기려고 하니 얼마나 비열한 짓이냐? 그러니 내가 너를 잘못 보았다는 것이다."

진천룡은 거두절미하고 양손으로 자운과 부옥령을 가리키면서 딱 잘라서 말했다.

"내가 그녀를 살릴 테니까 당신은 이 사람을 살려주시오. 그러면 간단한 일 아니겠소?"

"살린다고? 살리는 일이 그렇게 간단한 일이냐?"

"뭐가 어렵다는 것이오?"

"너는 지금 억지를 쓰고 있구나."

지금은 너무 다급한 상황이었는지라 진천룡은 화라연도 자신처럼 죽어가는 사람을 간단하게 살릴 수 있을 것이라고 착각했다.

화라연이 뭐라고 대답을 하기도 전에 진천룡은 턱으로 자운을 가리켰다.

"그녀를 바닥에 눕히고 당신은 내 사람을, 나는 당신 사람을 동시에 치료하면 되는 것 아니겠소?"

"그래서?"

화라연은 공력이 출신입화지경에 달했기에 사람을 살리는 일 또한 타의 추종을 불허할 정도로 탁월한 실력이었다.

하지만 그렇다고 해서 부옥령처럼 극심한 중상을 당한 사람을 하루 만에 뚝딱 완치시킬 정도는 아니다.

그것은 출신입화지경이 아니라 화타나 편작이라고 해도 절대로 불가능한 일이다.

그렇지만 진천룡은 화라연이 자신이 생전 처음 보는 절대고수니 그 정도 실력이 있을 것이라고 지레짐작을 하여 그런 말을 한 것이다.

진천룡은 미간을 좁히고 인상을 썼다.

"치료하기 싫은 것이오?"

"이 녀석이?"

"그렇다면 당장 물러가시오!"

그가 버럭 노성을 지르자 화라연은 터져 나오려는 분노를 겨우 눌러서 참았다.

"이놈아, 그럼 네 말은 이 자리에서 열흘이고 보름이고 우리 둘이 나란히 앉아서 계속 치료하자는 말이냐?"

"그게 무슨……."

진천룡은 의아한 얼굴로 중얼거리다가 비로소 화라연의 말뜻을 이해했다.

"아… 미안하오."

그렇지 않아도 진천룡의 말투가 시건방지게 변해서 기분이 꼬여 버린 화라연이다.

"내가 네놈 친구냐?"

"무슨 뜻이오?"

"내가 몇 살이나 됐을 것 같으냐?"

그러자 더 이상 들을 수가 없게 된 청랑과 은조가 빽! 하고 소리를 질렀다.

"이 아줌마야! 지금 그게 중요하냐?"

"이런 빌어먹을! 사람을 살리자는 거야, 뭐야?"

자신이 천하에서 가장 위대한 사람이라고 굳게 믿고 있는 화라연은 청랑과 은조에게 꾸지람을 당하고는 놀란 얼굴로 아무 말도 하지 못했다.

"끙……! 알았다."

퇴경정용(槌輕釘聳)이라고 했다. 자고로 망치가 가벼우면 못이 숫구치는 법이라서 지금껏 화라연은 망치 역할을 톡톡히 했었는데 이 자리에서는 절대로 그러지 못했다.

"빨리 그 여자를 내려놓고 앉으시오."

진천룡이 호통을 치는데도 화라연은 찍소리도 못 하고 그의 옆에 천천히 앉았다.

반시진이 지났는데도 화라연은 부옥령을 조금도 치료하지 못한 채 땀만 뻘뻘 흘리고 있다.

화라연은 충분한 시간을 두고 부옥령을 치료하려고 하기 때문에 서둘지 않았다.

또한 화라연은 부옥령처럼 목뼈가 완전히 꺾여서 부러진 환자를 처음 대하여 그녀를 살릴 수 있는지조차 장담할 수가 없는 상황이었다.

그 반면에 진천룡은 자운을 다 치료하고 고쳤다.

치료는 치료인데 굳이 고쳤다고 말하는 것인즉, 자운의 떨어져 나간 왼팔을 붙이고 짓이겨진 턱까지 말끔하게 원래대로 고쳤다는 뜻이다.

자운의 왼팔은 찢어져 나가서 덜렁거렸는데 화라연은 그것을 떼어내지 않고 같이 갖고 왔다. 그런데 진천룡이 왼팔을 도로 완벽하게 붙여 버린 것이다.

*　　　*　　　*

반시진 동안 부옥령을 치료하느라 정신을 집중하고 있던 화라연은 이윽고 작게 한숨을 토하면서 부옥령에게서 손을 떼고 고개를 들었다.

"휴우……."

그녀는 부옥령의 일차 치료를 끝내고 잠시 시간을 두었다가 이차 치료를 할 생각이다.

하지만 부옥령을 살릴 수 있는 확률은 아무리 좋게 봐도 삼 할 정도에 불과한 것 같았다.

그런데도 화라연은 최선을 다했다. 삼 할의 가능성을 붙잡고 어떻게든지 살려보려고 전력을 다했다.

그녀는 상체를 뒤로 젖히고 슬쩍 기지개를 켜면서 진천룡이 어떻게 하고 있는지 그를 쳐다보다가 멈칫하며 눈을 화등잔처럼 크게 떴다.

자운이 일어나 앉아서 화라연 자신을 물끄러미 바라보고 있는 것이 아닌가.

반시진 전까지만 해도 자운은 왼팔이 어깨에서 거의 떨어져나가 덜렁거리는 상태였으며 턱 절반이 짓이겨진 참혹한 몰골이었다.

그런데 지금 자운의 모습은 완전히 정상이다. 상의를 벗은 채 아기 손바닥만 한 가슴 가리개로 겨우 가슴만 가리고 있는 모습인데, 찢어져서 덜렁거리던 왼팔이 왼쪽 어깨에 제대로 붙어 있지 않은가.

뿐만 아니라 턱뼈가 짓이겨져서 피투성이였던 턱은 갸름하게 원래 모습을 되찾았다. 언제 짓이겨졌는지 흔적을 찾을 수도 없다.

"너……."

화라연은 자운을 가리키면서 너무 놀란 나머지 말을 잇지 못했다.

그녀는 팔십 평생에 지금처럼 놀라보기는 처음이다. 그냥 놀란 정도가 아니라 아예 혼비백산했다. 다만 놀라는 것에 익숙하지 않아서 표출하지 못할 뿐이다.

자운은 먼저 말을 하지 않았다. 대도주가 말을 하기 전에 그녀가 말을 하는 것은 불경이기 때문이다.

화라연은 눈을 크게 뜬 채 지금 상황을 어떻게든 이해하려고 애썼다.

화라연은 풍만한 가슴을 거의 드러낸 채 다소곳이 앉아 있는 자운을 살펴보다가 이윽고 시선이 그 옆에 앉아 있는 진천룡에게 옮겨졌다.

진천룡은 조금도 피곤하지 않은 모습으로 담담히 화라연을 마주 쳐다보고 있었다.

진천룡과 자운을 번갈아서 쳐다본 화라연은 하나의 결론에 도달했다.

즉, 진천룡이 자운을 치료해서 그녀를 원상태로 완벽하게 되돌려 놨다는 사실이다.

"이게 말이 돼……?"

내심으로 중얼거리려고 했던 말이 경황 중에 화라연의 입 밖으로 흘러나왔다.

화라연은 진천룡을 보면서 불신의 표정을 지었다.

"너… 어떻게 한 것이냐?"

"보는 대로요."

"네가… 치료한 것이냐?"

"그렇소."

화라연은 주위를 둘러보았다. 진천룡의 측근들이 태산처럼 둘러서 있는데 그들 중에 누군가 자운을 치료했을 것 같지는 않았다.

믿을 수 없는 일이지만 믿을 수밖에 없는 상황이다.

화라연은 팔십 평생 살아오면서 별별 희귀한 상황들을 두루 겪어봤지만 이런 일은 처음이다. 아무리 머리를 쥐어짜도 이해할 수가 없는 상황이었다.

그러나 이해는 하지 못하더라도 인정은 해야 한다. 진천룡이 자운을 완치시켰다는 사실을 말이다. 지금 눈앞에 벌어진 상황이 그것을 말해주고 있지 않은가.

화라연은 진천룡을 보면서 감탄 어린 표정을 지으며 고개를 끄떡였다.

"놀라운 능력을 지녔구나."

진천룡은 그녀의 말을 귓등으로 흘리면서 시선을 부옥령에게 주었다.

화라연은 같이 부옥령을 쳐다보다가 얼굴이 화끈 뜨겁게 달아올랐다.

진천룡은 자운을 다치기 전의 몸으로 완벽하게 치료했는데 자신은 부옥령을 고치기는커녕 여태 깨어나게도 하지 못했기 때문이었다.

유구무언, 입이 있어도 할 말이 없는 화라연이다. 이 상황에 무슨 말을 한다면 변명일 뿐이고 누워서 자기 얼굴에 침을 뱉는 격이다.

진천룡은 책상다리로 앉은 자세에서 미끄러지듯이 스르르 부옥령 옆으로 다가갔다.

슥…….

이어서 손을 뻗어 부옥령의 맥을 짚었다.

잠시 후에 진천룡은 부옥령의 체내에 그녀의 진기하고는 확연히 다른 진기가 떠돌고 있는 것을 확인했다.

그것은 화라연이 부옥령을 치료하느라 자신의 진기를 주입한 것이 분명했다.

진천룡은 부옥령의 맥을 통해서 순정기를 조금 주입했다.

"……!"

그러자 아까하고는 달리 순정기가 그녀의 체내에서 활발하게 돌아다녔다.

'됐다!'

진천룡은 이제 부옥령을 살릴 수 있다고 확신하고는 즉시 손을 뗐다.

화라연은 진천룡이 단지 부옥령의 상태를 확인해 본 것이라고 여겼다.

하지만 너무 부끄럽고 민망해서 얼굴이 화끈거릴 뿐 아무 말도 하지 못했다.

진천룡은 자운을 보며 고개를 끄떡였다.

"괜찮소?"

자운은 얼굴을 살짝 붉혔다. 진천룡이 치료를 하느라 그녀의 상의를 벗겼을 뿐만 아니라 치료를 하는 동안 상체 여기저기를 만졌기 때문에 부끄러움을 타는 것이다.

사십삼 세가 되도록 남자의 손 한 번 잡아본 적이 없었던 자운으로서는 대단한 경험이 아닐 수 없다.

자운은 붉어진 얼굴로 가볍게 고개를 끄떡였다.

"네."

아까 그녀는 천장의 뚫어진 구멍 바깥쪽에 서서 부옥령을 암습했다가 진천룡의 반격에 치명타를 당했었다.

그런데 그가 그녀를 구해주었으니 적이 은인으로 바뀌었다.

진천룡은 화라연을 보며 덤덤하게 말했다.

"내게 더 할 말이 없다면 그만 가시오."

화라연이 설옥군의 조모라는 사실이 진천룡으로 하여금 마지막 한 올의 예의를 지키도록 했다.

화라연은 부지중에 부옥령을 쳐다보았다.

"저 아이는 어떻게 하고?"

"당신이 나보다 나을 것 같소?"

"……."

화라연은 온몸의 피라는 피가 한꺼번에 얼굴에 몰린 것처럼 화끈거렸다.

진천룡의 말이 백번 옳아서 그녀로서는 입이 백 개라도 반박할 말이 없다.

화라연은 진천룡을 만난 이후 난생처음 겪는 일을 몇 가지 경험했다.

진천룡은 그녀의 평생을 통틀어서 가장 놀라운 사람으로 그녀의 심중에 뚜렷하게 각인되었다.

시뻘건 인두로 심장에 화인(火印)을 새겼으므로 죽을 때까지 결코 잊지 못할 것이다.

무공으로는 화라연이 진천룡보다 고강할지 몰라도 그녀는 그를 보면서 알 수 없는 위압감과 패배감을 맛보았다.

화라연이 말없이 자신을 물끄러미 응시하자 진천룡은 머쓱한 얼굴로 말했다.

"뭘 보시오?"

세상천지에 성신도의 대도주인 화라연에게 이따위로 말하는 사람은 진천룡 하나뿐일 것이다.

그런데도 화라연은 이상하리만치 화가 나지 않았다. 아니,

외려 당연한 것처럼 여겨졌다.

"너, 나하고 얘기 좀 하자."

"하시오."

"단둘이 말이다."

진천룡은 미간을 찌푸렸다.

"또 무슨 짓을 하려는 거요?"

진천룡의 말투는 갈수록 건방져졌다.

그래도 화라연은 화내기는커녕 애써 미소를 지으며 변명하듯이 말했다.

"무슨 짓 하지 않는다. 그냥 얘기만 하려는 것이다."

"딴짓할지 누가 아오?"

진천룡으로선 걱정하지 않을 수가 없다. 부옥령이 있을 때에는 그녀가 자신의 모자란 부분을 채워주겠지만 자신 혼자 화라연하고 있다가 무슨 일을 당할지 모르기 때문이다.

화라연은 자상한 미소를 지었다.

"절대로 너를 해치지 않겠다."

"화내지도 마시오."

"알겠다."

자운은 화라연이 자상한 미소를 짓는 모습을 매우 오랜만에 보게 되어 적이 놀라워했다. 그런 미소는 예전에 설옥군을 대할 때만 지었기 때문이다.

진천룡은 화라연을 빤히 응시했다.

"어기면 어떻게 하오?"

"네 마음대로 해라."

진천룡은 고개를 끄떡였다.

"그러겠소."

진천룡은 청랑에게 말했다.

"연공실로 안내해 드려라."

화라연은 일어나 어째서 같이 가지 않느냐는 표정으로 그를 쳐다보았다.

진천룡은 부옥령을 보며 말했다.

"잠깐 살펴보고 가겠소."

화라연과 자운이 나가자 진천룡은 즉시 부옥령 앞에 앉아서 두 손으로 그녀의 목을 조심스럽게 감싸고 천천히 순정기를 주입했다.

척!

진천룡이 문을 열고 밖으로 나오니까 자운이 기다리고 있다가 가볍게 고개를 숙였다.

진천룡이 무슨 일이냐는 표정을 짓자 자운은 상의 앞자락을 만지작거리며 살짝 얼굴을 붉혔다.

[미안해요.]

그녀가 전음을 하자 진천룡도 전음으로 물었다.

[뭐가 말이오?]

[아까 급습한 거요.]

[아…….]

진천룡이 연공실 쪽으로 걸어가자 자운도 옆에서 나란히 같이 걸었다.

[그럼 나도 그대를 공격한 걸 사과해야 하오? 그럴 마음이 조금도 없는데…….]

[그러지 않아도 괜찮아요.]

자운은 고개를 좀 더 숙이며 말을 이었다.

[그리고… 구해줘서 고마워요.]

[그것은 성질 고약한 할망구하고 거래한 것이니 마음에 두지 마시오.]

자운은 깜짝 놀라는 표정을 짓더니 손으로 입을 가리며 풋! 하고 웃었다.

진천룡은 의아한 얼굴로 물었다.

[왜 웃는 거요?]

자운은 손으로 입을 가린 채 웃으면서 겨우 말했다.

[대도주를 성질 고약한 할망구라고 말한 사람은 당신이 처음이에요.]

[그렇소?]

진천룡은 머쓱한 표정을 지었다.

자운은 진심 어린 표정으로 말했다.

[당신께 받은 은혜는 평생 잊지 않겠어요.]

진천룡은 대수롭지 않게 말했다.

[내게 은혜를 갚는 방법이 있소.]

자운은 눈을 커다랗게 뜨고 놀랐다.

[뭔가요?]

[앞으로 나하고 마주치더라도 우리 싸우지 맙시다.]

진천룡은 성신도 사람이라면 될 수 있는 한 싸우지 않기를 원했다.

[네…….]

[물어볼 게 있소.]

[말하세요.]

[옥군은 어디에 있소?]

진천룡은 자운이 가볍게 놀라는 표정을 짓는 것을 보고 그녀가 대답하지 않을 것이라고 생각했다.

그러나 진천룡이 생각하는 것보다 훨씬 더 깊이 고마움을 느끼고 있는 자운은 잠시 고민하다가 대답했다.

[소도주께선 천군성에 계세요.]

진천룡은 의아한 표정을 지었다.

[옥군이 어째서 천군성에 있는 것이오?]

[소도주는 천군성주인 천상옥녀예요.]

"……!"

진천룡은 급히 걸음을 멈추고 크게 놀란 표정으로 자운을 쳐다보았다.

"옥……."

그가 육성으로 말하려고 하자 자운이 급히 다가들며 손으로 그의 입을 막았다.

[말하면 안 돼요.]

진천룡은 눈을 크게 떴다가 껌뻑거렸다.

[아… 알았소.]

자운은 그의 입에서 손을 떼며 긴장된 표정으로 저만치 청랑이 서 있는 곳을 쳐다보았다. 그 문 안쪽 연공실에 화라연이 있기 때문이다.

진천룡과 화라연은 연공실 석탁에 마주 앉았다.

"말하시오."

화라연은 대화가 밖으로 새어 나가지 못하도록 두 사람 주위에 무형막을 쳤다.

"너, 진지하게 생각해 보거라."

"뭘 말이오?"

"내 제자가 되는 것이다."

진천룡은 적잖이 놀란 표정으로 그녀를 쳐다보았다.

"제정신이오?"

"내 정신은 어느 때보다 맑다."

진천룡은 어이없는 표정을 지었다.

"내가 왜 당신의 제자가 돼야 하오?"

"너에게 본도를 맡기기 위해서다."

진천룡은 깜짝 놀랐다.

"성신도를 말이오?"

"그래."

화라연의 어조는 처음에 만났을 때보다 많이 부드러워졌다.

진천룡은 마른침을 꿀꺽 삼켰다.

"그럼 옥군과 혼인시켜 주는 것이오?"

화라연은 엄숙한 표정으로 말했다.

"성신도의 도주가 된다는데 그런 게 뭐가 중요하더냐?"

진천룡은 진지하게 대답했다.

"나는 천하에서 옥군보다 중요한 것을 본 적이 없소."

"멍청한 놈……!"

진천룡은 힘주어 말했다.

"뭐라고 해도 좋소. 그러나 나는 옥군과 혼인하지 않는다면 성신도고 나발이고 다 필요없소."

"나발……?"

第百七十章

사랑밖에 몰라

"얘기 끝났으면 가겠소."

진천룡이 일어서려고 하자 화라연이 재빨리 그를 향해 손을 뻗었다.

"어딜!"

공격이라고 생각한 진천룡은 즉시 피하면서 그녀에게 마주 손을 뻗으며 순정강을 발출했다.

그러나 다음 순간 진천룡은 화라연이 일어서는 그의 팔을 잡아서 도로 앉히려고 하는 사실을 간파하고 급히 순정강과 팔을 거두었다.

"어엇?"

그러나 화라연을 다치게 하지 않으려고 몸을 비틀다가 중심을 잃고 휘청거렸다.

공력이 반로환동의 경지에 이른 그에겐 균형을 잃은 상태에서 중심을 잡거나 쓰러지지 않을 방법이 수십 가지나 되지만 그 전에 화라연이 그의 팔을 잡아주었다.

척!

그 바람에 진천룡은 몸이 그녀 쪽으로 기울어져서 전혀 예기치 않게 털썩! 그녀의 무릎에 앉고 말았다.

"허엇!"

어쩌면 그렇게 하려는 화라연의 의도였는지도 모른다.

화라연은 자신의 무릎에 앉은 진천룡이 마치 손주사위라도 되는 것 같은 기분이 문득 들었다.

그녀는 느닷없이 진천룡의 궁둥이를 툭툭 두드리며 자상한 미소를 지었다.

"이 녀석아, 제발 말 좀 들어라."

진천룡은 엉덩이를 만지면서 벌떡 일어났다.

"왜 이러세요?"

그때부터 화라연은 태도를 바꾸었다. 진천룡을 적이나 영웅문주가 아닌 손자처럼 대하기 시작한 것이다.

"천룡아, 할미 말 들어라."

"허어… 당신이 어째서 내 할머니예요?"

화라연은 태연자약했다.

"내 나이가 팔십이 넘었는데 그럼 네 각시를 하랴?"

진천령은 어이없는 표정을 지었다가 그녀의 뻔뻔함에 실소를 흘렸다.

따지고 보면 화라연은 진천룡의 어머니인 손하린보다 두 배 가까이 많은 나이므로 증조할머니라고 해도 된다.

그녀가 스스로 할미라고 해서 진천룡이 불쾌한 것은 아니다. 오히려 좀 더 친근한 기분이 들었다.

진천룡은 제자리에 앉으면서 말했다.

"당신의 제자가 되라는 얘기라면 관심 없소."

"군아, 우선 듣기만이라도 해주렴. 네가 원하는 것은 무엇이든 들어주겠다. 어떠냐?"

"옥군 얘기가 아니라면 더 이상 할머니하고 마주 앉아서 할 얘기가 없소."

그는 화라연에게 버릇없는 '당신'이라는 호칭 대신 '할머니'라고 불렀다.

설옥군도 화라연을 '할머니'라고 불렀을 것이라는 생각을 하니까 왠지 기분이 묘해졌다.

"인석아, 사내가 야망을 가져야지 한낱 여자아이 치마폭에 둘러싸여서 어쩌자는 것이냐?"

"……."

화라연의 꾸지람이 일견 맞는 것 같아서 진천룡은 일순 입을 다물었다.

물론 설옥군을 포기하려는 생각은 터럭만큼도 없다. 진천룡에게 있어서 그녀는 천하보다 더 거대한 목적이다.

"더구나 너는 영웅문의 문주가 아니냐? 영웅문이 비록 남천북성에는 미치지 못한다고 해도 현재 뻗어 나가는 기세로 보아 머지않아서 천하를 삼분(三分)할 수 있을 게다. 내 말이 틀렸느냐?"

그건 화라연의 말이 맞다. 진천룡도 영웅문이 검황천문이나 천군성보다 더 막강한 세력으로 성장할 것이라고 굳게 믿고 있다.

그러나 진천룡은 일언반구 대답하지 않고 여전히 입을 꾹 다물고 있다.

화라연은 자상한 얼굴로 말을 이었다.

"너는 영웅문을 포기할 수 있느냐?"

진천룡은 잠시 생각해 보다가 고개를 가로저었다.

"포기할 수 없소."

"영웅문의 목표가 무엇이냐?"

영웅문의 뚜렷한 목표는 정하지 않았다.

처음에는 항주에서 살아남기 위해 발버둥을 치다가 어쩌다 영웅문을 개파했었다.

그러다가 세력이 빠르게 커지는 바람에 검황천문의 치열한 견제를 받았다.

그래서 검황천문이 영웅문을 괴멸시키려고 보낸 대규모 고수진들과 여러 차례 치열하게 싸웠으며, 그러다 보니 지금 여기까지 오게 되었다.

단지 그것뿐이다. 말하자면 살아남기 위해서 즉, 생존을 위해 버티다 보니까 지금의 영웅문이 된 것이다.

그러나 구태여 화라연의 물음이 아니더라도 진천룡은 요즘 들어서 영웅문이 장차 어디로 갈 것인지 즉, 목표에 대해서 이따금 골몰한 적이 있었다.

하지만 생각만 골몰했을 뿐이지 이거다! 하고 정한 바는 딱히 없었다.

화라연은 즉답하지 못하는 진천룡을 보고 그럴 줄 알았다는 듯이 흐릿한 미소를 지었다.

"절강성의 패자로 만족할 생각이냐?"

그 물음에도 진천룡은 대답하지 못했다. 대답할 말이 없기 때문이다.

설혹 진천룡이 이쯤에서 멈추려고 해도 도저히 멈출 수가 없는 형편이다.

첫째로는 지금껏 그토록 당한 검황천문이 영웅문을 이대로 내버려 두지 않을 것이다.

둘째, 요천사계와 마중천까지 두루두루 건드려 놨으니 그들도 절대 가만히 좌시하지 않을 터이다.

셋째가 가장 중요하고도 절실한 이유이다. 바로 진천룡을 믿고 따르면서 모여든 측근과 수하들이다.

영웅문 휘하에 모여든 고수들과 무사들의 수가 이미 육천 명을 넘어섰다.

뿐만 아니라 현재 영웅사문 내에서 거주하고 있는 영웅문 휘하 고수와 무사의 가족들 수는 사만 명에 달한다.

그게 전부가 아니다. 영웅문이 거느리고 있는 지부가 수십 곳이며, 사업체는 수백 개에 달한다.

그런데도 불구하고 그 모두를 거느리고 있는 수장(首長)인 진천룡은 여태껏 자신을 비롯한 영웅문이 나아가야 할 진로조차 정해놓지 않은 것이다. 그의 어깨가 무겁다 못해서 부러질 지경이다.

그야말로 쏜살같이 달리는 호랑이 등에 올라타 내릴 수 없는 기호지세(騎虎之勢)인 형국이다.

이제는 내리고 싶어도 내릴 수가 없다. 호랑이 등에서 내리는 순간 만신창이가 되고 말 것이다.

그런 생각들이 꼬리에 꼬리를 물고 이어지자 진천룡은 가슴이 답답해졌다.

천년 묵은 여우이며 능구렁이인 화라연은 진천룡의 표정만 보고서도 그의 내심을 정확하게 간파하고는 빙그레 엷은 미소를 지었다.

표정으로 보일 것 다 보이고 난 후에 진천룡은 고개를 모로 꼬고 짐짓 대찬 척을 했다.

"나는 목표가 있소."

화라연은 그가 뭐라고 하는지 들어나 보자는 표정으로 넌지시 물었다.

"그래, 그게 뭐냐?"

"검황천문을 무너뜨린 후에 강남 무림을 평화롭게 만드는 것이오."

"호오… 그러냐?"

화라연은 감탄하는 표정으로 고개를 끄떡였지만 진천룡은 그녀가 조금도 감탄하지 않은 것을 잘 알고 있다.

그것을 알아차리고 진천룡의 표정이 굳어지자 화라연은 차분하게 입을 열었다.

"검황천문이 쉽게 붕괴될까?"

그 말은 영웅문이 검황천문을 붕괴시킬 수 있느냐고 묻는 것이다.

진천룡으로서는 어차피 외길이다. 돌아갈 길도 방법도 없으며 돌아간다고 해서 검황천문이 순순히 그러라고 내버려 둘리 만무하다.

현재로서 진천룡의 목표는 영웅문을 지금보다 더욱 강력하게 키워서 검황천문과 명운을 걸고 대결전을 벌이는 것뿐이다. 그 길뿐이다.

"해봐야지요."

진천룡은 화라연이 아닌 자신에게 다짐하듯이 말했다. 그러고는 화라연과의 대화가 끝나고 나면 그녀와 나누었던 대화의 내용을 놓고 최측근들과 다시 한번 진지하게 얘기를 나눠봐야겠다고 생각했다.

화라연은 고개를 끄떡이며 조용히 말했다.

“너의 목표가 강남 무림을 평화롭게 만드는 것이라고 하자. 그리고 영웅문이 검황천문을 괴멸시킬 수도 있다고 치자. 그것으로 다 된 것일까?”

진천룡은 의아한 표정을 지었다.

“검황천문을 괴멸시키면 된 것이지 뭐가 또 있겠소?”

“또 있느냐고? 당연히 더 있지. 그것도 하나둘이 아닌 수두룩하게 말이야.”

“뭐가 있소?”

화라연은 빙그레 미소 지으며 손바닥을 펴 보였다.

“여섯 곳이 영웅문을 인정해야만 한다.”

진천룡은 이맛살을 찌푸리며 투덜거렸다.

“본문이 검황천문을 괴멸시키고 강남 무림을 일통시키면 됐지, 대체 누가 무엇을 인정한다는 말이오?”

화라연은 활짝 편 손바닥의 엄지부터 하나씩 꼽았다.

“천하사대비역, 황궁, 천군성이다.”

“그게 무슨…….”

화라연은 단호하게 말했다.

“대명제국도 천하사대비역이 인정을 해주었기에 개국을 할 수 있었다.”

"……"

진천룡으로서는 생전 처음 듣는 말이라 놀라서 눈을 크게 뜨고 화라연을 쳐다보았다.

"대명제국뿐만이 아니라 그 이전의 원나라와 금, 송 등도 다 천하사대비역의 인정을 받았었다."

그게 사실이라면 천하사대비역이야말로 대명제국이나 원, 금, 송 등의 국가 위에 군림하고 있는 것이다.

천하사대비역이 자신들이 이 대륙의 주인입네 행세하고 있는 것이다.

따지고 보면 이 대륙을 빌려서 쓰는 국가는 주인인 천하사대비역에게 허가와 인정을 받을 뿐인 격이다.

화라연은 진천룡이 놀랄 줄 알았다는 표정을 지으면서 말을 이었다.

"당연히 검황천문과 천군성도 천하사대비역과 황궁의 인정을 받았단다."

처음에는 어이없는 표정을 지었던 진천룡이지만 차츰 현실을 인정하여 얼굴이 굳어졌다.

"만약 인정을 받지 않으면 어떻게 되는 것이오?"

"여섯 세력으로부터 공격을 받겠지. 주인의 허락을 받지 않으면 당연한 것 아니겠느냐?"

진천룡은 얼굴을 찌푸렸다.

"천하사대비역은 대륙의 주인 행세를 하라고 누구에게 허락을 받았소?"

화라연은 그윽한 눈빛으로 진천룡을 잠시 응시하다가 마치 노승처럼 잔잔한 목소리로 말했다.

"천룡아, 그걸 알고 싶으면 내 제자가 되어라."

"흥! 어림도 없소."

더 들을 것이 없다고 판단한 진천룡은 벌떡 일어나 문으로 걸어갔다.

그래도 화라연은 조급한 표정 없이 그의 뒤에 대고 말했다.

"내 제자가 된다는 것은 장차 성신도주가 된다는 뜻이다. 그것은 달리 천하의 주인을 의미하는 것이다."

진천룡은 걸음을 멈추고 뒤돌아보며 물었다.

"성신도주가 되면 옥군과 혼인할 수 있소?"

화라연은 이 방에 들어온 이후 처음으로 얼굴을 찌푸렸다가 나직이 탄식을 흘렸다.

"인석아, 군아하고 성신도주 자리는 비교조차 할 수 없는 것이라는 말이다."

"당연히 그렇겠죠. 옥군이 훨씬 더 무게가 많이 나갈 테니까 말이죠."

그가 몸을 돌리려고 하자 화라연이 따라 일어서며 조용한 목소리로 물었다.

"천룡아, 너는 군아에 대해서 얼마나 알고 있느냐?"

"어떤 거 말이오?"

"군아 개인을 말하는 것이다."

진천룡은 자신 있게 말했다.

"옥군에 대해서는 너무도 잘 알고 있소."

그는 어깨를 활짝 펴고 호방하게 웃었다.

"하하하! 모르긴 해도 옥군에 대해서 나보다 더 잘 알고 있는 사람은 없을 것이오."

"그것은 기억을 잃은 군아일 테고."

"……!"

진천룡은 말문이 콱 막혔다. 그렇다. 그는 기억을 잃은 설옥군만을 알고 있을 뿐이다.

화라연은 간을 보듯이 떠보았다.

"천룡아, 너 예전의 군아가 어땠을지 상상이라도 해본 적이 있느냐?"

그런 적이 없다. 왜 그랬는지 모르지만 진천룡은 설옥군의 기억상실이 죽을 때까지 계속될 것이라고 생각했다. 아니, 그렇게 되라고 빌었다.

화라연의 말이 거스를 수 없는 운명의 흐름처럼 흘러나왔다.

"내가 알고 있는 군아라면, 너 같은 존재는 발가락에 낀 때만큼도 여기지 않을 것이다."

"……."

"너뿐만이 아니라 군아는 천하의 그 어떤 남자라도 벌레보다 못한 존재로 여긴다."

"……."

진천룡은 딱딱하게 굳은 얼굴로 화라연의 얼굴을 뚫어지게 주시했다.

*　　　*　　　*

그는 갑자기 어떤 생각이 들어서 두려운 마음이 파도처럼 엄습했다.

방금 화라연은 예전의 설옥군에 대해서 말했다. 그 말은 그녀가 기억을 잃기 전을 뜻하는 것이다.

'어째서…….'

진천룡은 자신이 어째서 설옥군의 기억상실이 회복될 것이라는 생각을 한 번도 하지 않았는지 어이없는 표정을 얼굴 가득 떠올렸다.

그는 조심스럽게 화라연에게 물었다.

"옥군이 기억을 되찾았소?"

그렇게 묻는 그의 얼굴에는 지금 얼마나 긴장하고 있는지 여실히 드러나 있었다.

그는 심중의 생각을 얼굴로 고스란히 드러내는데 그걸 감추질 못한다.

화라연은 온화한 미소를 지었다.

"기억을 잃은 것쯤은 간단하게 회복시킬 수 있단다."

"할머니가 하셨소?"

진천룡은 이제 '할머니'라는 호칭이 자연스럽게 나왔다.

"아니란다. 군아의 아비가 했지."

"네……."

문득 진천룡은 짙고 강렬한 소외감을 느꼈다. 세상에 자신 혼자 버려진 듯한 소외감이다.

설옥군 주위에 할머니 화라연과 아버지가 있다는 생각을 하니까 자신은 설옥군하고는 아무런 연관이 없다는 생각에 북풍한설 눈보라가 몰아치는 벌판에 벌거벗겨진 채 서 있는 기분마저 들었다.

화라연은 잠시 생각하다가 말문을 열었다.

"기억을 회복한 군아에게 할미가 물었단다."

진천룡은 그러지 말아야지 하면서도 화라연의 말에 잔뜩 귀를 기울였다.

"영웅문주인 전광신수하고 무슨 관계냐고 말이야."

"그랬더니 옥군이 뭐라던가요?"

진천룡은 자신이 무슨 말을 하는지도 모를 정도로 다급하게 물었다.

화라연은 자신이 진천룡 편이라도 된 것처럼 안타까운 표정을 지으며 위로하듯 말했다.

"전광신수하고는 아무런 관계도 아니고 두 번 다시 보고 싶지 않다고 말하더라."

"그게 정말이오?"

"그래. 전광신수 옆에는 아리따운 좌호법이 있는데 그녀가 전광신수와 혼인할 것이라고 말하더군."

"음… 정말 그렇게 말했소?"

"할미가 너에게 거짓말을 하겠느냐? 확인하려면 밖에 있는 자운에게 물어봐라. 그녀도 같이 들었으니까."

"음……."

진천룡의 얼굴에 짙은 착잡함이 깔렸다.

그는 문득 설옥군하고 보냈던 지난 일 년여 세월이 일장춘몽 같다는 기분이 들었다.

술을 진탕 마시고 자면 밤새 한바탕 어지러운 꿈에 시달리곤 하는데 지금이 딱 그런 기분이다.

화라연은 착잡한 표정을 짓고 있는 진천룡을 보면서 구태여 그에게 설옥군에게 접근하지 말라고 압박할 필요가 없었다는 생각이 들었다.

화라연은 이대로 내버려 둬도 진천룡이 알아서 떨어져 나갈 것이라는 생각이 들었다.

그렇기 때문에 이쯤에서 그만두는 편이 좋을 듯했다. 일부러 그의 대척점에 서는 일은 좋지 않다.

화라연은 문득 진천룡이 한 명의 청년으로서도 무척 탐이 나고 정감이 간다는 생각이 들었다.

"어떠냐? 나를 따라서 성신도에 가겠느냐?"

그녀는 어떻게 하든지 꼭 진천룡을 제자로 거두고 싶다는 생각을 포기할 수가 없었다.

그런데 진천룡은 다른 걸 물었다.

"옥군을 효성태자와 혼인시키려는 목적이 무엇이오?"

"전대(前代)의 언약이란다."

그때 어떤 하나의 생각이 진천룡의 뇌리에 화살처럼 정확하게 꽂혔다.

"전대 누구하고의 언약이었소?"

"그러니까 그게……."

그 순간 진천룡은 천년 묵은 불여우 화라연의 눈에 약간 곤혹스러운 빛이 떠오르는 것을 놓치지 않았다.

"이대(二代) 전 황제하고의 언약이었단다."

"할머니하고 언약했소?"

"그렇단다."

"이대 전의 황제는 단명했는데 대체 그가 몇 살 때 언약을 했던 것이오?"

"그게……."

화라연은 조금 전보다 더 눈에 띄게 당황하더니 두 호흡쯤 지나서야 대답했다.

"할미가 착각을 했다."

그녀는 애써 웃어 보였다.

"이대 전이 아니라 전대 황제였다."

"그가 누구였소?"

화라연은 진천룡이 이처럼 집요하게 물을지 몰랐다.

하지만 진천룡은 대륙의 역사에 대해서는 완전 까막눈이다. 그냥 대충 찔러보고 있는 것이다.

그런데 화라연이 걸려들어서 당황하고 있으므로 더욱 집요하게 들이대 보는 것이다.

침착을 되찾은 화라연은 차분하게 대답했다.

"홍치제(洪治帝)였단다."

하지만 그때는 이미 화라연이 진천룡이 쳐놓은 그물에 걸려든 후다.

진천룡은 흐릿하게 미소 지으면서 고개를 끄떡였다.

"나는 이미 할머니의 생각을 알아냈소."

화라연은 뜨끔했으나 짐짓 딴청을 부렸다.

"뭘… 알아냈다는 것이냐?"

진천룡은 화라연을 지그시 쏘아보았다.

"할머니는 천하를 제패 하려는 것이로군요."

"너… 말도 안 되는 소리를……."

말도 안 되는 소리라고 말하면서도 화라연이 적잖이 당황하는 모습을 진천룡은 놓치지 않았다.

진천룡은 자신이 이처럼 예리하게 상대의 내심을 간파할 줄은 예상하지 못했다.

지금까지 영웅문과 진천룡에 대한 거의 대부분의 계획들은 부옥령이 해주었으므로 그가 할 이유가 없었다.

그러나 지금 이 상황에서는 누가 대신 머리를 써주지 못하기 때문에 그가 직접 머리를 써야만 한다.

그래서 직접 해봤는데 의외로 잘 들어맞고 있다. 사실 그의 두뇌도 비상했던 것이다.

검황천문이든 천군성, 그리고 마중천이나 요천사계 등의 최종 목적이 천하제패인 것은 누구라도 다 알고 있다.

그래서 진천룡은 성신도의 대도주인 화라연도 그런 목적을 품고 있는 것이 아닌가 해서 한번 찔러봤는데 제대로 피가 푹! 뿜어졌다.

진천룡은 화라연의 표정에서 이미 자신의 말이 들어맞았다고 판단했다.

"내 말이 틀렸소?"

"음."

"천군성주인 손녀를 대명제국의 다음 대 황제가 될 효성태자와 혼인시킨다면 천하사대비역이며 무림이대성역의 하나인 성신도가 천하를 제패 하는 것은 어렵지 않을 것이라고 생각하지 않았소?"

진천룡이 이렇게까지 신랄하게 나열하자 화라연은 차마 아니라고 잡아떼지 못했다.

"그러니까 네가 할미의 제자가 되면 장차 천하는 네 것이 된다는 말이다."

만약 진천룡이 화라연의 제자가 되어 그녀의 진전을 물려받은 후에 성신도의 도주가 된다면 천하를 제패하는 일은 가능할지 모른다.

그러나 진천룡은 그러고 싶지 않다. 그는 천하를 제패 할 생각이 없을뿐더러 설혹 그런 마음이 생긴다고 해도 영웅문만의 힘으로 이루고 싶지 화라연의 도움은 필요 없다.

진천룡은 문으로 걸어갔다.

"이제 정말 할머니하고는 할 얘기가 없소. 잘 가시오."

화라연은 욱하는 마음이 불끈 솟았다. 이대로 뒤에서 일격을 가하면 진천룡을 제압할 수도 있는 상황이다.

그렇지만 그녀는 지금은 참기로 했다. 그녀는 아까 진천룡과 부옥령을 죽이려고 했다가 뜨거운 맛을 보았다.

진천룡과 부옥령이 예상했던 것보다 훨씬 더 고강했기 때문이다. 그런 데다 진천룡은 떨어져 나간 팔도 완벽하게 붙일 정도의 놀라운 능력을 지니고 있다.

그뿐인가. 이제 와서 생각해 보니까 영웅문 같은 큰 세력과 적이 된다는 것은 장차를 위해서도 좋을 게 없다.

영웅문은 검황천문과 같은 하늘을 이고 살 수 없는 적대 관계이기 때문에 오래지 않아서 생사결전을 하는 날이 오고야 말 터이다.

그때가 되면 영웅문과 검황천문 중 누가 이기든 전력이 극도로 쇠잔해졌을 것이다. 그때 잔존 세력을 쓸어버리는 것은 간단한 일이다.

척!

화라연은 진천룡이 문을 열고 나가자 등에 대고 자상한 목소리로 말했다.

"천룡아, 앞으로 다시 만나면 우린 싸우지 말자꾸나."

진천룡이 대답하지 않고 그냥 밖으로 나가자 화라연이 그를 채근했다.

"대답 안 하느냐?"

진천룡은 뒤도 돌아보지 않고 대답했다.

"알았어요."

화라연은 빙그레 미소를 지었다.

진천룡은 저만치 자운이 서 있는 것을 보고 재빨리 그녀에게 다가갔다.

자운은 진천룡이 자신에게 다가오자 깜짝 놀랐다. 예전의 그녀는 태산이 무너져도 눈 하나 까딱하지 않는 사람이었는데 지금은 진천룡의 행동 하나에 심장이 오그라들었다가 펴졌다가를 반복하고 있다.

[서둘러 따라 들어오시오.]

진천룡은 자운만 들을 수 있는 전음을 보내고는 서둘러 어느 방으로 들어갔다.

자운은 방금 진천룡이 나온 방 쪽을 급히 쳐다보고는 그가 들어간 방으로 들어갔다.

문을 열어놓은 채 기다리고 있던 진천룡은 그녀가 들어오자 살짝 문을 닫으면서 무형막을 펼쳐서 소리가 나지 않도록 했다.

그는 자운이 의아한 얼굴로 입을 열려고 하자 급히 손을 뻗어 입을 막았다.

자운은 놀라서 눈을 동그랗게 떴다.

진천룡은 자운의 입을 막은 상태에서 가깝게 바싹 다가서서 전음을 했다.

[자운, 그대에게 묻고 싶은 게 있소.]

자운은 얼굴을 붉히면서 고개를 끄떡였다.

진천룡은 그 상태로 고개를 문 쪽으로 돌리고 바깥의 동정을 살폈다.

그때 밖에서 청랑의 목소리가 들렸다.

"뭘 찾는 거죠?"

청랑의 냉랭한 목소리가 들렸다. 화라연에게 하는 말 같은데 청랑이 화라연을 좋아하지 않는다는 느낌이 목소리에 꽉 들어차 있었다.

"천룡이는 어디 갔느냐?"

화라연 목소리에 이어서 청랑의 호통이 터졌다.

"이 할망구야! 그걸 내가 어떻게 알아?"

청랑의 호통이 얼마나 큰지 용림재에 있는 사람이라면 다 들었을 것이다.

자운은 화들짝 놀라서 눈을 커다랗게 떴다가 진천룡과 눈이 마주치자 눈을 반쯤 감고 소리 죽여 웃었다.

자운은 이제 절반 이상 진천룡 사람이 되었다. 이제는 그걸 기정사실화시키는 일만 남았다.

진천룡은 목소리를 낮추고 믿음직스러운 표정을 지었다.

[자운.]

[네…….]

그럴 일이 아닌데도 자운은 심장이 미친 듯이 콩닥거리는 것을 어쩌지 못했다.

이즈음의 진천룡은 무엇 때문인지 몰라도 자신이 여자들에게는 매우 강력한 매력을 발산한다고 믿었다. 그래서 지금도 그걸 자운에게 사용해 보기로 했다.

그는 자운의 입을 가린 손을 떼고 그윽한 눈길로 그녀를 응시하며 말을 이었다.

[그대는 내 편인가?]

[……!]

자운은 너무 놀라서 눈을 휘둥그렇게 뜨며 그를 똑바로 바라보았다.

진천룡은 잘못 짚은 것 같아서 좀 뜨악한 표정으로 한 걸음 뒤로 물러나려고 했다.

[아닌가……?]

[마… 맞아요!]

그 순간 자운은 물러나는 진천룡의 품에 뛰어들면서 다급히 외쳤다.

자운은 지금 자신의 감정이 무엇인지 추호도 모른다. 뇌를 펄펄 끓는 솥에 넣어서 푹 삶았다가 꺼낸 것처럼 머릿속에서 김이 펄펄 나고, 옛날 옛적 소녀 시절에 죽을 똥을 싸면서 무공 훈련을 했을 때처럼 온몸의 피가 심장으로 다 몰려서 미친 듯이 쿵쾅거렸다.

이 나이 먹도록 남자에게 손 한 번 잡혀본 적이 없고 입맞춤조차 해본 적이 없는 그녀이기에 지금 이 느낌과 기분이 무엇인지 모르는 것은 너무도 당연하다.

진천룡은 자신의 작전이 맞아떨어진 것이 흐뭇해서 자운의 등을 쓰다듬었다.

[뭐가 맞지?]

자운은 그의 가슴에서 너무 놀라 눈을 화등잔처럼 커다랗게 떴다.

'미쳤나 봐… 내가 지금 무슨 짓을…….'

그러면서도 마음의 어느 한편만 그럴 뿐이지 지금의 이 흥분되고 황홀한 상태에서 조금도 벗어나고 싶지 않았다.

더구나 진천룡이 그녀의 등을 부드럽게 쓰다듬고 있지 않은가.

자운은 그의 가슴에 뺨을 묻고 눈을 꼭 감은 채 달달 떨리는 목소리로 겨우 말했다.

[저… 저는 당신 편이에요…….]

진천룡이 한 번 더 확인했다.

[정말이지?]

[그… 럼요.]

진천룡은 자신이 여자에게, 특히 나이 든 여자들을 함락시키는 파죽지세의 능력을 지니고 있다고 이때부터 확신하게 되었다.

第百七十一章

화경에 이른 자운

진천룡의 머리가 빠르게 돌아갔다. 그는 성신도에 자신의 편을 한 사람쯤 박아두는 것도 좋을 것이라고 생각했다.

설옥군이 성신도 출신이기도 했고 장차 영웅문이 성신도와 엮일지도 모른다고 생각해서였다.

그를 위해 자운을 끌어들였지만 자운은 막연하게 '저는 당신의 편'이라고 할 뿐인 애매한 관계다.

[자운, 내 편이 되어줘.]

진천룡은 자운에게 하대를 하고 있지만 정작 그 자신은 전혀 모르고 있다.

그냥 지금의 분위기가 괜찮은 것 같아서 흘러가는 대로 내버려 두고 있다.

진천룡의 가슴에 얼굴을 묻고 있는 자운은 그다음에는 어떻게 해야 할지 몰라서 입술만 방긋거렸다.

[제가 어떻게 하면 되나요?]

[첩자가 되라는 게 아냐. 그냥 마음으로 내 편이 되어준다면 고맙겠어.]

첩자가 되라고 해도 될 판국인 자운은 진천룡의 말에 더욱 감격했다.

진천룡은 자운을 확실한 자신의 편으로 만들기 위해서 하나의 단안을 내렸다.

슥…….

그는 자운을 살며시 떼어낸 후에 그녀의 단전에 손바닥을 넓게 펼쳐서 밀착시켰다.

[아…….]

자운은 그의 의도를 오해하고는 움찔 놀랐지만 물러나거나 뿌리치지 않았다.

단전은 아랫배로써 여자의 소중한 부위에서 두 치 내지는 세 치 거리밖에 되지 않는다.

그런 데다 손바닥을 단전에 밀착하는 과정에 진천룡의 손가락 끝이 아래쪽을 향하고 있어서 그 부위로부터 채 한 치도 떨어지지 않았다.

그래서 자운은 마치 꼬챙이에 찔린 물고기처럼 몸을 파들파들 떨면서 눈과 입을 크게 벌리고 있을 뿐이다.

그렇지만 진천룡은 자운을 유린할 생각은 터럭만큼도 없다. 그저 그녀의 공력수위를 확인하려는 것뿐이다.

측정한 결과 자운의 공력은 사 갑자 정도로 이백사십여 년 수준이다.

자운이 진천룡의 측근들보다 공력이 현저하게 낮으면서도 무공이 고강한 이유는 성신도의 뛰어난 절학을 익혔기 때문이다.

물론 자운이 진천룡의 측근들하고 일대일 정면으로 싸우면 공력 면에서 꿀려 지게 될 것이다.

아무리 무공이 뛰어나도 밑바탕은 공력이기 때문에 결국엔 밀릴 수밖에 없다.

[아… 도대체 왜…….]

자운은 아랫배에 밀착된 진천룡의 솥뚜껑처럼 커다란 손을 느끼면서 얼굴이 홍시처럼 붉어졌다.

그때 진천룡이 손을 떼고 이번에는 그녀의 정수리에 손바닥을 덮었다.

"……!"

그제야 자운은 진천룡이 자신의 무공이나 공력을 측정하고 있다는 사실을 깨닫고 부끄러움에 얼굴이 화끈거렸다.

'바보같이…….'

그녀는 차가운 얼음이나 단단한 강철처럼 냉철한 사람이었는데 어찌 된 일인지 진천룡 앞에서는 정신을 차리지 못할 정도로 어수룩하기 짝이 없다.

진천룡은 자운의 정수리에서 손을 떼면서 나직한 목소리로 전음을 했다.

[생사현관이 막혀 있구나.]

[네…….]

생사현관 즉, 임독양맥을 소통하는 일이 얼마나 어려운지는 백번 설명해도 모자람이 없다.

진천룡은 체내에 무진장의 순정기를 지니고 있기에 임독양맥의 소통이나 벌모세수, 환골탈태을 시켜주는 것이 쉽지 보통 사람들은 삼생을 산다고 해도 어려운 일이다.

진천룡은 자운에게 넌지시 말했다.

[내가 너의 임독양맥을 소통시켜 주마.]

"……."

자운은 소스라치게 놀라서 두 눈을 휘둥그렇게 뜨고 아무 말도 하지 못했다.

[내 측근들은 내가 죄다 임독양맥을 소통시켜 주었다. 너도 해주마.]

그의 말에 자운은 더욱 눈을 크게 뜨고 입도 크게 벌리며 놀라워했다.

[싫으냐?]

진천룡의 하대는 이미 수년 동안 한 것처럼 능숙해졌다.

자운은 대답 대신 문을 쳐다보았다. 그 행동이 화라연을 염려하는 것이라는 걸 진천룡이 모를 리가 없다.

[반시진이면 충분하다. 할머니는 내가 알아서 해결하마. 너는 할 건지 말 건지만 말해라.]

진천룡은 밖의 청랑에게 전음을 하면서 자운도 들을 수 있도록 했다.

[랑아, 내가 할 말이 있다고 하여 할머니를 붙잡아둬라.]

[알았어요, 주인님.]

청랑의 대답이 진천룡과 자운의 귀에 들렸다.

진천룡이 자신을 쳐다보자 자운은 마른침을 한 번 삼키고 나서 긴장된 표정으로 고개를 끄떡였다.

[하… 겠어요.]

진천룡은 주위를 둘러보다가 바닥을 턱으로 가리켰다.

[누워라.]

[그 전에 드릴 말씀이 있어요.]

자운은 두 손을 앞에 모으고 조심스럽게 말했다.

[당신이 생사현관을 소통해 준 측근들은 당신과 어떤 관계인가요?]

자운은 문을 쳐다보았다.

[방금 저 여자는 당신의 뭐죠?]

[최측근이지.]

[무엇이기에 최측근이 됐죠?]

자운은 자신도 청랑 같은 최측근이 되고 싶어서 물었다.
진천룡은 대수롭지 않게 대답했다.
[종이야. 여종. 그렇지만 가족 같은 아이지.]
[여종이 많은가요?]
진천룡은 고개를 끄떡였다.
[내 주변의 여자들은 다 여종이야.]
자운은 더 생각해 볼 것도 없다는 듯이 말했다.
[저도 당신의 종이 되겠어요.]
[알았다.]
자운은 눈을 빛냈다.
[정말인가요?]
[할머니를 따라가지 않고 여기에 남겠느냐?]
자운은 움찔했으나 용기를 내서 고개를 끄떡이며 말했다.
[그래야 한다면 그러겠어요. 여기에 남을게요.]
[그럴 필요 없다. 너는 할머니를 따라가거라. 시간이 없다. 어서 누워라.]
자운이 조심스럽게 바닥에 눕는 것을 보면서 진천룡은 청랑에게 전음을 해서 물과 헝겊을 가져오라고 지시했다.

진천룡은 운이 좋은 편이다. 여태까지 그가 임독양맥을 소통해 주고 또 벌모세수와 환골탈태를 시켜준 사람들 중에서 그를 배신한 사람은 한 명도 나오지 않았다.

자운의 임독양맥을 소통해 주고 내친김에 벌모세수와 환골탈태까지 시켜준 진천룡은 그녀도 죽을 때까지 자신을 배신하지 않을 것이라고 믿었다.

자운이 꿈틀거리자 진천룡이 그녀의 몸을 지그시 눌러서 일어나지 못하게 했다.

[누워 있어라.]

그러고는 벌모세수로 인해서 더럽혀진 그녀의 몸을 물 축인 헝겊으로 닦아주었다.

[아… 제가 할게요…….]

[벌써부터 말을 듣지 않는군.]

"……."

자운은 찔끔하면서 눈을 감고 가만히 있었다.

조금 전에 그녀의 임독양맥의 소통과 벌모세수, 환골탈태가 끝났는데 그 과정은 아까 진천룡이 그녀를 치료할 때보다 천 배 이상 더한 상황이었다.

그렇지만 자운은 몸속에서 벌어지는 갖가지 놀라운 현상들 때문에 정신을 차릴 수가 없었다.

때로는 고통스럽기도 하고 또 어떨 때는 크게 놀라기도 했는데, 그 모든 과정에서 공통점은 하나였다. 정신을 차릴 수가 없다는 사실이었다.

그랬기 때문에 진천룡이 임독양맥의 소통과 벌모세수, 환골탈태를 하느라 그녀의 온몸을 늘씬하게 주물러 놓아도 그것을 느낀다거나 저항할 겨를이 없었다.

그러고는 겨우 정신을 차리려니까 어느덧 그 모든 과정이 다 끝나 있었던 것이다.

슥슥… 삭삭…….

진천룡이 물 축인 헝겊으로 자운의 온몸을 구석구석 닦는 소리만 조용히 실내에 흘렀다.

[일어나서 가부좌를 틀고 앉아라.]

닦는 것을 끝낸 진천룡이 자운에게 전음을 했다.

자운은 상체를 일으켜서 앉으려다가 자신이 벌거벗었다는 사실을 깨닫고 급히 몸을 움츠렸다.

하지만 진천룡은 그녀에게 눈길도 주지 않은 채 뭔가 골똘히 생각에 잠겨 있었다.

자운은 움츠렸던 몸을 펴고 가부좌를 튼 채 앉아서 진천룡을 물끄러미 바라보았다.

아까는 그가 은인으로 여겨졌었는데 지금은 자신의 모든 것, 하늘보다 더 완벽하고 소중한 존재로 여겨졌다.

임독양맥을 소통해 주고 벌모세수와 환골탈태를 해주었기 때문일 것이다.

생각을 끝낸 진천룡이 그녀 앞에 마주 앉아서 진지한 표정으로 말했다.

[운아, 너는 지금 출신입화지경의 초입에 이르렀다.]

"……."

자운은 진천룡의 말이 무슨 뜻인지 이해하지 못했다. 자신의 공력이 출신입화지경, 다시 말해서 화경(化境)에 이를 리가 없기 때문이다.

진천룡은 실내를 두리번거리다가 저만치 침상 옆 탁자에 놓여 있는 동경(銅鏡:거울)을 가져와서 자운의 얼굴 앞에 똑바로 대주었다.

[지금 네 모습은 십오륙 세로 어려졌어.]

"아……."

자운은 너무나도 놀란 나머지 육성으로 탄성을 흘리다가 급히 손으로 입을 틀어막았다.

그녀의 두 눈은 화등잔처럼 커져서 동경을 뚫어지게 주시하고 있었다.

동경 속에서 그녀를 바라보고 있는 사람은 이제 겨우 십오 세 정도밖에 되지 않은 어린 소녀이며 깨물면 향긋한 냄새가 날 것처럼 귀엽고 예뻤다.

한동안 혼비백산한 표정을 짓던 자운은 동경 속 어린 소녀의 모습이 바로 자신의 십오 세 때라는 사실을 깨닫고 소스라치게 놀라 눈을 더욱 크게 떴다.

진천룡이 조용한 목소리로 설명했다.

[너의 임독양맥이 소통되어 벌모세수와 환골탈태를 한 덕분에 공력이 두 배 정도 급증하여 오백 년에 이르렀다. 그래서 출

신입화지경에 도달한 것이다.]

"……."

자운은 목이 잠겨서 아무 말도 하지 못하고 두 눈에 눈물이 가득 고여 들었다.

[운아, 너는 반로환동 경지를 넘어섰기 때문에 육체가 젊어지면서 어린 소녀의 모습으로 되돌아간 거야. 그렇지만 이 모습을 할머니에게 보이면 안 되니까 아까 그 모습으로 되돌아가도록 해봐라.]

자운은 감격한 표정으로 눈을 깜빡거리면서 진천룡을 바라보았다.

그러자 두 눈에 가득 고여 있는 눈물이 주르륵 두 뺨을 타고 흘러내렸다.

[너는 화경에 이르렀으니까 아마 얼굴 모습을 자유자재로 바꿀 수 있을 거야.]

그때 자운이 몸을 던져 진천룡을 두 팔로 와락 끌어안으며 작게 외쳤다.

[사랑해요……!]

"……!"

진천룡에게는 익숙한 반응이다. 그가 여자들의 임독양맥 소통과 벌모세수, 환골탈태를 시켜주면 다들 똑같이 이런 반응을 보였었다.

하도 많은 여자들이 그랬었기 때문에 진천룡은 이제 놀라지 않고 꽤나 능숙해졌다.

그는 자운의 등을 토닥거리면서 달랬다.

[그 마음 안다.]

부옥령도 청랑과 은조도, 현수란이나 옥소, 취봉삼비들도 이런 상황에서는 하나같이 그에게 울면서 안겨 사랑한다고 고백을 했었다.

그랬었기에 진천룡은 자신이 해준 일이 그녀들에게 얼마나 고마운 일이었는지를 깨닫지 못했다.

그냥 평이하게 여겼었다. 임독양맥을 소통해 주고 벌모세수와 환골탈태를 시켜주면 여자들은 다들 똑같이 이런 반응을 보였으니까.

그녀들이 그를 사랑한다고 말하는 것은 당연하다. 그렇게 큰 은혜를 베풀었는데 어찌 사랑하지 않겠는가 말이다.

그러면서 그녀들이 그를 사랑한다는 것은 그와 설옥군이 사랑하는 것과는 다른 의미일 것이라고 생각했다. 같을 수가 없다.

그러나 사랑이 다를 수가 없다. 사랑은 같다. 설옥군의 사랑이나 진천룡 최측근 여종들의 사랑이나 똑같다.

그런데도 그는 마치 여자들 속을 훤히 다 알고 있기나 한 것처럼 자운의 등을 토닥이면서 위로하고 있는 것이다.

자운은 계속 눈물을 흘리면서 그를 바라보며 말했다.

[저를 사랑하시나요?]

[응? 사랑하냐고?]

[네… 저는 주인님을 목숨 이상으로 사랑해요. 그러니까 주인님도 저를 사랑하시겠죠?]

진천룡은 건성으로 고개를 끄떡였다.

[으응… 그래.]

*　　　*　　　*

진천룡은 다시 화라연과 마주 앉았다.

그는 자운의 임독양맥 등을 소통해 주는 동안 화라연을 붙잡아두라고 청랑에게 지시했었기 때문에 이제는 그것을 해결해야 한다.

그런데 그는 자운의 임독양맥 소통 등을 해주는 동안 불현듯 떠오른 한 가지 생각이 있어서 그걸 화라연에게 얘기해 보려고 한다.

화라연은 마음에 쏙 들기는 하지만 고집불통인 진천룡을 응시하면서 과연 그가 무슨 말을 하려고 자신을 붙잡아두었는지 궁금한 표정을 지었다.

진천룡은 다짜고짜 불쑥 말했다.

"나한테 무공 하나만 가르쳐 주쇼."

"무공을?"

"아주 고강한 절학을 가르쳐 주시오."

"허어……."

그의 밑도 끝도 없는 요구에 화라연은 어이없다는 표정을 지었다.

"어째서 내가 제자도 뭣도 아닌 너에게 무공을 가르쳐 줘야 하느냐?"

진천룡은 거침없이 대답했다.

"우린 싸우지 않기로 했잖소?"

"그거하고 너에게 무공을 가르치는 것이 무슨 상관이 있다는 말이냐?"

"나에게는 무림인은 두 종류가 있소. 친구 아니면 적이오. 내가 할머니하고 싸우지 않는다면 우린 친구가 맞소. 그렇지 않소?"

화라연은 고개를 끄떡였다.

"우리가 적은 아니니까 친구는 맞지."

진천룡은 태연하게 말했다.

"친구끼리 무공을 가르쳐 주지 못한다는 말이오?"

"뭐어……?"

이상한 논리라서 화라연은 어이없는 표정을 짓더니 기어코 웃음을 터뜨리고 말았다.

"하하하하! 네가 미쳤구나!"

그녀는 진천룡더러 미쳤다고 하면서도 얼굴에는 흐뭇한 기색이 완연했다.

"그래, 어떤 무공을 원하느냐?"

"성신도 최고 절학이오."

"뭐라……?"

화라연의 얼굴에 기가 막힌다는 표정이 떠올랐다. 손자 같은 놈을 오냐오냐했더니 머리 꼭대기에 올라가서 앉으려 한다는 표정이다.

"내가 그렇게 하면 너는 무엇을 주겠느냐?"

진천룡은 뻔뻔하게 대답했다.

"진정한 친구란 대가를 바라는 것이 아니오."

진천룡이 점잖게 꾸짖자 화라연은 어? 하는 표정을 지었다가 파안대소를 터뜨렸다.

"하하하하하! 그래. 네 말이 맞다!"

진천룡이 이런 발칙한 요구를 하는데도 화라연은 시간이 지날수록 자꾸만 그가 예뻐지기만 했다.

그래서 그를 어떻게 하든지 제자로 거두고 싶은 마음을 거두지 못하는 것이다.

그렇다고 그가 원하는 대로 성신도 최고의 절학을 선뜻 전수할 수는 없는 일이다.

그래서 화라연은 진천룡이 거절할 수밖에 없는 요구를 해보기로 했다.

아니, 그가 거절을 하지 않더라도 도저히 해낼 수 없는 일을 부탁하는 것이다.

"네가 친구라면 내 부탁을 하나 들어줄 수 있겠지?"

"어떤 것이오?"

진천룡은 시큰둥한 얼굴로 물었다. 화라연이 절학을 가르쳐 주는 대가라고 했으면 뿌리칠 수 있을 테지만 부탁이라고 하니까 그럴 수가 없다.

"만약 네가 이 부탁을 들어준다면 본도의 최고 절학을 전수해 주겠다."

"뭔지 말이나 하시오."

"한 사람을 내 앞에 데리고 와다오."

"누굴 말이오?"

문득 화라연의 얼굴에 처연함이 잔물결처럼 떠올랐다.

"그 사람의 이름은 소미미(蘇美美), 올해 십팔 세이고 창파영(蒼波瀛)에 있다."

진천룡은 미간을 잔뜩 좁혔다.

"창파영이 어디요?"

"천하사대비역 중 하나란다."

진천룡은 팔짱을 끼고 잠시 골똘한 생각에 잠겼다가 잠시 후에 고개를 끄떡였다.

"알겠소."

화라연은 조금 놀라는 표정을 지었다.

"내 부탁을 들어준다는 것이냐?"

"창파영에서 소미미를 데려오면 되는 것이오?"

"그렇단다."

"그 부탁을 들어주겠다는 것이오."

화라연은 의아한 표정을 지었다.

"창파영이 어디에 있는지 아느냐?"

"할머니가 알려줄 것 아니오?"

"음? 아… 그렇지."

화라연은 창파영이 어디에 있는지 뻔히 알고 있는데 그곳에서 사람을 데려오라면서 그곳이 어딘지 가르쳐 주지 않는다면 말이 되지 않는다.

"창파영이 어디에 있냐 하면……."

"아직은 알 것 없소."

"뭐라?"

진천룡은 태연한 얼굴로 너스레를 떨었다.

"창파영에서 소미미를 데려오는 일이 어려운 일이오? 아니면 쉬운 일이오?"

"쉬운 일이면 너에게 부탁하겠느냐?"

진천룡은 내심으로는 옳거니! 하면서도 겉으로는 진지한 표정을 유지했다.

"그러니까 지금보다 더욱 강해진 후에 창파영에 가서 소미미인지 말미미인지 데려올 테니까 성신도의 절학을 먼저 가르쳐 주시오."

"너……."

진천룡은 억지를 써서 얼굴이 뜨거웠지만 기왕지사 내친김에 그냥 밀고 나갔다.

"그러는 것이 순서가 맞지 않소?"

"음……!"

화라연은 진천룡이 창파영에 가서 소미미를 데리고 온 후에야 그가 원하는 성신도의 최고 절학을 가르쳐 주겠다고 말하려 했었다.

그러면서도 구태여 그럴 필요는 없다고 생각하기도 했다. 진천룡이 소미미를 데리고 올 리가 없기 때문이다.

그가 창파영에 갔다가 그냥 맨몸으로 살아서 나온다고 해도 기적이기 때문이다.

억지스럽기는 하지만 그의 논리가 옳다. 그가 성신도의 최고 절학 즉, 오극성궁력을 익히고 나서 창파영에 간다면 성공할 확률이 더 높아지는 것은 당연하다.

화라연은 이러지도 저러지도 못하는 상황에 처해서 아무 말도 하지 못하고 속으로만 끙끙거렸다.

진천룡은 그녀와는 또 다른 의미로 그녀를 물끄러미 응시하면서 침묵을 지켰다.

화라연은 그의 침묵이 무엇을 의미하는지 짐작했다. '당신도 별수 없군?'이라는 무언의 창날 같았다.

슥!

그때 진천룡이 벌떡 일어나더니 문으로 성큼성큼 걸어가며 중얼거렸다.

"없던 일로 합시다. 잘 가시오, 할머니."

그는 화라연을 떠보려는 것이 아니라 이제는 더 이상 가망이 없다고 생각하여 포기한 것이다.

사실 그가 일신에 지니고 있는 무공들은 전부 설옥군이 가르쳐 준 것들이다.

대부분 아미파의 실전무공이고 적멸광 하나만 설옥군 자신의 무공이었다.

설옥군이 가르쳐 준 무공들은 다 훌륭하지만 그것들 중에서도 진천룡 마음에 쏙 드는 것은 용림심법이다.

그 당시에 설옥군이 천하제일심법이라고 자부했었는데 심법의 이름을 모르고 있었다.

그래서 진천룡의 '용'과 그 당시 설옥군 이름이었던 민수림의 '림'을 따서 '용림심법'이라고 지었다.

이후 진검룡은 불철주야 노력하여 용림심법을 완벽하게 터득했었다.

설옥군 자신이 익힌 심법인데 극성으로 익히면 신공을 전개할 수도 있다고 말했었다.

진천룡은 지금도 하루에 몇 차례씩이나 용림심법으로 운공조식을 하고 있으며, 현재 더 이상 오르지 못할 경지에 도달한 상태다.

그는 설옥군이 무림이대성역 중에 성신도의 소도주라는 사실을 알고 나서도 한참 후에야 어쩌면 용림심법이 성신도의 성명심법일 것이라고 추측했었다.

그랬는데 성신도의 대도주이며 설옥군의 친할머니인 화라연을 만나고 나서도 용림심법을 생각해 내지 못했었다.

그런데 아까 자운의 임독양맥을 소통해 주는 과정에서 문득 그 생각이 난 것이다.

용림심법이 성신도의 성명심법이라면, 성신도의 최고 절학을 익혀서 용림심법으로 발휘하면 위력이 배가되지 않을까 하는 생각이었다.

그 생각으로 가슴이 두근거릴 만큼 기대했었는데 그것은 그저 진천룡의 바람으로 끝날 것만 같다.

성신도의 대도주인 화라연이 최고 절학을 전수할 수 없다고 하면 끝인 것이다.

화라연은 진천룡이 이대로 저 문을 나가 버리면 자신하고는 어쩌면 죽을 때까지 더 이상 만날 일이 없을지도 모른다는 생각이 들었다.

'제자가 아니면 어떠랴?'

문득 그런 생각이 번쩍 들었다.

진천룡 같은 인재에 자질, 성품, 더구나 영웅문 같은 엄청난 세력을 지니고 있는 청년이라면 굳이 제자가 아니더라도 질긴 끈으로 연결만 해놓아도 된다.

예를 들면 성신도의 무공을 가르쳐서 절반쯤 성신도 제자로 만들어놓는 것이다.

진천룡이 어디에 가서 성신도의 절학을 사용한다면 저절로 성신도의 명성이 드날려질 터이다.

지금 그의 실력으로 볼 때 오극성궁력을 익힌다면 어느 누구에게도 패하지 않을 터이다.

화라연이 보기에 진천룡은 절대로 악인이 아니므로 악행을 저지르지는 않을 것이다.

그것이면 된다. 그가 정의나 협의를 위한다면 더더욱 좋은 일이다.

그러므로 그에게 성신도 최고 절학을 전수하는 일은 손해가 아니라 오히려 이익이다.

진천룡이 문 밖으로 나갔을 때 화라연의 조용한 목소리가 그를 붙잡았다.

"천룡아."

진천룡이 걸음을 멈추고 뒤돌아보자 화라연이 엄숙한 표정으로 말했다.

"알았다. 본도의 최고 절학을 전수해 주마."

진천룡 입가에 흐릿한 미소가 떠올랐다. 그는 다 포기하고 가려고 했는데 뜻밖에도 화라연이 허락을 했다.

그래서 그는 이 결과가 어떻게 해서 얻어졌는지 곰곰이 생각해 보았다.

진천룡이 침실로 돌아오니까 침상에 부옥령이 누워 있다가 그를 바라보았다.

아까 진천룡은 부옥령을 완전히 치료한 것이 아니라 서둘러서 꺾어진 목만 똑바로 펴주고 화라연에게 갔었다.

"어떻게 됐어요?"

진천룡은 부옥령 옆에 앉아서 그녀의 얼굴을 덮고 있는 머리카락을 자상하게 쓸어 넘기면서 말했다.

"다 잘됐다."

부옥령은 눈을 빛냈다.

"그래요? 뭐가 잘됐는지 얘기해 보세요."

진천룡은 빙그레 미소를 지었다.

"할머니가 성신도 최고 절학을 가르쳐 주기로 했어."

부옥령은 놀라서 눈을 동그랗게 떴다.

"세상에… 주인님이 성신도 대도주를 할머니라고 부르는 건가요?"

진천룡은 멋쩍게 웃었다.

"그렇게 됐다."

부옥령은 눈동자를 문 쪽으로 굴리며 물었다.

"그녀는 지금 어디에 있어요?"

진천룡은 두 팔을 벌려 보였다.

"별채에 안내했으니까 편하게 말해도 된다."

"네."

그제야 부옥령은 방그레 미소를 지었다. 만약 화라연이 같은 전각 안에 있으면 거리를 불문하고 진천룡과 부옥령이 육성으로 나누는 대화를 들을 수 있기 때문이다.

"어떻게 된 일인지 자초지종을 말씀해 보세요."

부옥령의 재촉에 진천룡은 고개를 가로저었다.

"령아, 너부터 마저 치료하는 것이 순서인 것 같다."

진천룡은 아까 부옥령을 잠시 치료하면서 놀라운 사실을 하나 깨달았었다.

진천룡이 자운을 치료하고, 화라연이 부옥령을 치료할 때 그녀의 체내에 주입한 것이 알고 보니까 용림심법으로 운공한 진기였다.

그뿐만이 아니라 자운이 부옥령의 목을 꺾을 때 주입된 것 역시 용림심법으로 운공한 공력이었다.

그랬기 때문에 진천룡이 부옥령을 치료할 때 순정기를 주입하니까 치료가 되지 않았던 것이다.

순정기와 용림심법의 공력은 서로 융합이 되지 않고 밀어냈기 때문이다.

그것은 용림심법의 공력이 다른 공력과 차별화되고 매우 특수하다는 뜻이다.

"어디 보자."

진천룡은 부옥령의 맥을 짚고 용림심법으로 운공해서 얻은 진기를 주입하면서 그녀의 상태를 살펴보았다.

"아픈 곳이 있느냐?"

"아……."

그러자 부옥령이 매우 기분 좋은 표정을 지으면서 나직한 탄성을 흘렸다.

단지 부옥령의 상태를 살피기 위해서 주입한 약간의 진기만으로도 기분이 상쾌해진 듯했다. 아마도 용림심법의 진기를 주입했기 때문인 듯했다.

이제 진천룡은 부옥령을 치료하는 데 자신이 생겼다. 용림심법의 진기와 순정기를 병행해서 주입하면 되는 것이다.

第百七十二章

마중천의 준동

부옥령을 치료하는 데 일 각이면 충분했다.

진천룡이 손을 떼자 부옥령은 무척 개운한 얼굴로 발딱 일어나 앉았다.

"아아… 날아갈 것 같아요."

"괜찮은지 운공을 해봐라."

"네."

부옥령은 진천룡이 어떻게 치료를 했는지에 대해서 묻지 않았다. 전적으로 그를 신뢰하고 있기 때문이다.

부옥령이 운공조식을 하는 동안 진천룡은 잠옷으로 갈아입고 침상에 누웠다.

운공조식을 끝낸 부옥령이 자신의 옆에 눕자 눈을 감고 있는 진천룡이 말했다.

"할머니가 내일부터 성신도 최고 절학을 전수해 줄 거야. 기대되는군."

부옥령은 성신도 최고 절학이 무엇인지 모르지만 굉장할 것이라는 생각이 들었다. 그녀는 설옥군이 적멸광을 전개하는 것을 몇 번 봤지만 그게 성신도 최고 절학은 아닐 것이라고 짐작했었다.

"오래 걸리겠네요?"

"보름쯤 예상한다는군. 구결만 알려주고 나서 일단 떠났다가 나중에 시간이 나면 다시 와서 전개하는 것을 가르쳐 주겠다는 거야."

부옥령은 진천룡을 향해 옆으로 누워서 그의 가슴을 만지작거리며 감탄하는 표정을 지었다.

"도대체 성신도 대도주를 어떻게 구워삶은 건가요? 그녀가 당신에게 성신도 최고 절학을 전수하겠다니……."

진천룡은 빙그레 미소 지었다.

"이번에 나도 조금 배운 것이 있지."

"뭘 배웠나요?"

"밀고 당기면서 상대를 조종하는 것. 그렇게 하니까 원하는 것을 얻게 되더군."

부옥령은 그가 무엇을 깨달았는지를 짐작하고는 방그레 미소를 지었다.

"좋은 걸 배웠군요."

화라연은 정확하게 보름 동안만 진천룡에게 오극성궁력을 전수하고는 그 뒤 영웅문을 떠나기 위해서 신대붕이 머물고 있는 곳으로 향했다.

화라연과 자운을 영웅문까지 태우고 온 성신도의 영물 신대붕은 영웅문 내의 야트막한 야산 아래 평지에 머물고 있었다. 묶어놓지 않고 먹이도 주지 않는데 눈을 꾹 감은 채 하나의 바위처럼 꼼짝도 하지 않고 있다.

진천룡과 화라연 등은 신대붕 앞에 모였다.

화라연과 자운이 다가오자 바람에 깃털을 날리면서 꼼짝하지도 않던 신대붕이 번쩍 두 눈을 떴다.

구우우…….

커다란 두 눈에서 번갯불이 뿜어지는 것 같았다.

"소천아."

구구우…….

자운이 이름을 부르자 신대붕은 낮게 울며 기린 키보다 높은 고개를 숙였다.

자운이 머리를 쓰다듬자 신대붕 소천은 그녀의 어깨에 부리를 비비며 친근함을 표시했다.

자운은 자신이 진천룡 덕분에 출신입화지경에 이르게 된 것을 화라연에게 감추려고 모습을 원래 사십 대 때로 바꾸고 보름 동안 영웅문에서 지냈다.

그녀는 가만히 보노라면 마치 한겨울에 하얀 눈을 이고 있는 한 떨기 매화처럼 청초한 냉정한 미모를 지니고 있었다.

그렇지만 화경에 이른 자운은 젊어져 실제 모습은 십오 세 소녀 정도의 어리면서도 깨물어주고 싶을 정도로 귀여운 모습이다.

게다가 싸늘하고 냉정한 미모를 지니고 있으므로 사람들은 감히 접근하지 못하고 먼발치에서 바라보기만 할 터이다. 그런 아름다움은 세상에 흔하지 않은 법이다.

화라연과 자운을 배웅하는 사람은 진천룡과 부옥령, 그리고 청랑과 은조 네 사람뿐이다.

화라연이 떠들썩한 것을 싫어해서 진천룡과 최측근만 단출하게 배웅을 나온 것이다.

지난 보름 동안 화라연은 마치 제자를 대하듯이 진천룡에게 오극성궁력을 성심성의껏 가르쳤다.

대부분 엄하게 대했지만 이따금 친할머니처럼 자상하게 대하기도 했었다.

주로 식사할 때와 밤에 술 마실 때인데, 그때의 화라연은 모든 것을 잊은 채 할머니로서만 진천룡을 대했다.

그러는 과정에 화라연은 진천룡을 거의 제자로 인정하게 되어 대만족을 했다.

표면적으로 진천룡이 화라연의 제자가 아닐 뿐이지, 지난 보름 동안은 누가 보더라도 두 사람은 사제지간 그 이상도 이하도 아니었다.

화라연에게는 세 명의 제자가 있었지만 그녀는 제자도 뭣도 아닌 진천룡을 제일 좋아하게 되었다.

누굴 좋아하는 일은 누가 이 사람을 미워하고 저 사람을 사랑하라고 시켜서 되는 일이 아니다.

옛말에도 제 예쁨은 자신이 만든다고 하지 않았는가. 예쁜 걸 어쩌겠는가.

"천룡아."

화라연은 진천룡에게 다가와서 친근하게 불렀다.

"네, 할머니."

"다음에 내가 올 때까지 구결을 완벽하게 이해하고 전개할 준비를 갖춰놔야 하느니라."

"그럴게요."

그러나 사실 진천룡은 오극성궁력의 난해한 구결을 이미 사흘 만에 완벽하게 이해했었다.

구결을 들은 첫날 깡그리 다 외웠으며, 둘째 날 처음부터 끝까지 이해를 했고, 셋째 날에 한 번 더 들여다보고 완벽하게 이해를 한 것이다.

그래서 셋째 날 이후부터는 혼자 있을 때 연공실에서 오극성궁력 전개를 연마해 왔었다.

아직 오극성궁력을 제대로 전개하지는 못하지만 이대로 불철주야 연마하면 한 달 이내에 원활하게 전개할 수 있을 것이라고 예상했다.

모르긴 해도 만약 화라연이 그런 사실을 알게 되면 기절초풍할 것이다.

그녀의 말로는 아무리 뛰어난 자질과 오성을 지닌 천재라고 해도 오극성궁력을 처음 전개하려면 최소한 반년이 걸릴 것이라고 말했었다.

말 그대로 처음 전개하는 것이므로 위력은 채 일 할도 발휘되지 못할 것이다.

오극성궁력을 십 성까지 제대로 발휘하려면 아무리 빨라도 십 년은 연마해야 한다.

진천룡은 자신이 이미 오극성궁력의 구결을 다 이해하고 외웠다고 설레발을 부리지 않았다. 그로서도 다 생각이 있기 때문이다.

화라연은 부옥령에게 말했다.

"천룡을 잘 부탁한다."

"네."

화라연은 부옥령의 신분을 알지만 그것에 대해서는 입도 벙긋하지 않았다.

부옥령의 천군성의 좌호법이면 어떻고 영웅문의 좌호법이면 또 어떻겠는가.

화라연은 부옥령이 진천룡을 사랑하고 있으며 진천룡도 같은 마음이라는 사실을 감지했다.

그러므로 부옥령의 신분을 일부러 밝혀서 두 사람의 관계를 깨뜨릴 필요가 없는 것이다.

화라연은 부옥령에게 온화한 표정을 지어 보였다.

"천룡은 선하고 여려서 사람들한테 잘 속으니까 네가 잘 보살펴야 하느니라."

마치 두 사람이 부부인 것처럼 말하자 부옥령은 기꺼운 마음이 들었다.

"언제 오실 건가요?"

그래서 묻지 않아도 될 걸 물었다.

"두어 달 후에 올게야."

그때 진천룡이 화라연에게 지나가는 말처럼 넌지시 물었다.

"할머니, 혹시 미미가 쓰던 물건 같은 것 없소?"

진천룡은 화라연을 할머니라고 부르고 또 사제지간처럼 행동하면서도 말투는 여전히 투박했다.

진천룡이 말하는 '미미'는 그가 데리고 와야 할 창파영의 소미미를 가리킨다.

진천룡은 지난 보름 동안 절학을 배우는 틈틈이 화라연에게 소미미에 대해서 이것저것 물어봤었다.

자신이 데려올 소녀가 어떤 사람인지 궁금해서 그러는 체했으나 다 꿍꿍이가 있었다.

"무얼 하려는 게냐?"

진천룡은 데퉁맞게 말했다.

"있으면 주고 없으면 마슈."

별로 중요한 게 아닌 것처럼 말해야지만 저 의심 많은 할망구를 속일 수 있을 것 같았다.

"미미, 예뻐요?"

진천룡은 눈을 가늘게 뜨고 호기심 어린 얼굴로 슬쩍 물었다.

"인석……."

진천룡이 보름 동안 소미미에 대해서 알아낸 것은 화라연이 그녀를 몹시 보고 싶어 한다는 사실이다.

그래서 진천룡은 어떤 결론을 내렸는데, 창파영의 소미미가 화라연의 친척이나 손녀쯤 될 것 같다는 것이다.

화라연은 밉지 않은 표정으로 진천룡을 꾸짖더니 품속에서 뭔가를 꺼내서 내밀었다.

"미미가 아가 때 갖고 놀던 노리개다."

그것은 오색 명주실에 몇 개의 홍옥과 금, 은, 보석 알갱이가 달린 예쁜 노리개였다.

진천룡은 냉큼 받아서 품속에 갈무리했다.

자운은 진천룡에게서 시선을 떼지 않고 눈도 깜빡이지 않은 채 주시하고 있다.

자운은 화라연 뒤에서 그녀가 눈치채지 못하도록 보호막을 치고 전음을 했다.

[주인님, 다시 뵐 때까지 평안하세요.]

진천룡은 당장에라도 울 것 같은 자운의 표정에 짠함을 느끼고 역시 보호막을 치고 전음으로 대답했다.

[몸조심해.]

그냥 예사로 할 수 있는 인사말인데도 그 말이 자운의 눈물샘을 건드렸다.

그녀는 왈칵 쏟아지는 눈물을 감추려고도 하지 않은 채 진천룡을 바라보았다.

[주인님……! 사랑해요……!]

진천룡은 자운이 떼를 쓰듯이 자신도 종이 되겠다고 해서 얘기가 길어질까 봐 알았다고 대답한 게 전부다. 그런데 그때부터 자운은 여종처럼 행세하고 있다.

진천룡 주변에 여종들이 많다는 사실이 자운의 경각심을 높인 모양이다.

화라연은 진천룡에게 조용히 말했다.

"가야겠다."

"네."

진천룡이 고개를 끄떡이자 화라연은 발끈했다.

"인석아! 할미 가는데 제대로 인사 못 하겠느냐?"

진천룡은 포권을 하고 허리를 굽히며 공손히 인사했다.

"할머니, 살펴 가세요."

"오냐."

그제야 화라연은 흡족한 미소를 지으며 훌쩍 몸을 날려서 신대붕 소천 위에 올라탔다.

자운은 진천룡을 한 번 쳐다보고는 몸을 날려 소천 등에 얹은 교자(轎子)의 앞에 소리 없이 내려앉았다.

소천이 양쪽 날개를 활짝 펼치자 그 길이가 무려 십여 장에 달했다.

펄럭~

그러고는 양 날개를 가볍게 살짝 움직였을 뿐인데 소천은 순식간에 수직으로 화살보다 빠르게 솟구쳐 오르더니 눈 깜짝할 사이에 시야에서 사라졌다.

진천룡 등은 하늘을 바라보면서 소천의 궤적을 좇다가 잠시 후에 그만두었다.

안력을 극한으로 끌어올려서 주시했는데도 소천이 이내 사라져 버렸기 때문이다.

진천룡은 방곤을 불렀다.

"알아냈느냐?"

기한을 넉넉하게 보름을 주었으니까 날짜가 촉박했다는 핑계를 대지는 못할 것이다.

방곤은 원래 영웅문주인 전광신수에 대해서 쟁쟁한 소문을 익히 듣고 있었다.

그랬다가 항주에 도착했더니 성내의 모든 사람들이 누구 할 것 없이 입만 열었다 하면 영웅문 아니면 영웅삼신수에 대해서 얘기하는 것이었다.

사람들은 특히 영웅문주 전광신수에 대해서 아주 많은 얘기를 했는데 나쁜 말은 하나도 없고 하나같이 그를 칭송하거나 고마워하는 말뿐이었다.

그렇게 전광신수가 어느 정도의 인물인지 충분히 인지하고 있었는데, 막상 당사자를 만나서 겪어보고 또 엄청 뜨거운 맛을 당하고 나니까 기존에 알고 있던 전광신수하고는 전혀 다른 것 같았다.

그래서 방곤이 진천룡에 대해서 종합적으로 내린 평가는 '무서운 인물'이라는 것이다.

무릎을 꿇은 방곤은 공손히 고개를 조아렸다.

"알아냈습니다."

"어디에 있더냐?"

"천군성입니다."

방곤은 거침없이 대답했다.

그는 정말이지 놀라운 재주를 지니고 있었다.

그는 어떠냐는 듯 약간 뻐기는 표정을 지으면서 진천룡을 쳐다보며 말했다.

"문주께서 찾는 사람이 누군지도 알아냈습니다."

"뭐어……?"

이 부분에서 진천룡은 정말 움찔했다. 그리고 설마 자신이 찾는 사람이 설옥군이라는 사실까지 방곤이 알아낸 것인가 경악했다.

"그래… 누구냐?"

그런데 그렇게 물으면서도 왠지 방곤이 알아냈을 것 같은 불길한 예감이 들었다.

진천룡은 방곤의 입가에 흐릿하게 떠오른 회심의 미소를 보고 그가 알아냈다고 생각했다.

*　　　　*　　　　*

방곤은 진천룡을 똑바로 응시하며 공손히 대답했다.

"천상옥녀입니다."

진천룡은 방곤이 알아냈을 것이라고 예상했기 때문에 그리 놀라지 않았다.

부옥령은 워낙 경험이 풍부해서 감정을 드러내지 않았다. 그녀의 표정만 봐서 무슨 생각을 하고 있는지 짐작할 수가 없었다.

그녀는 오로지 진천룡 한 사람에게만 진심을 드러낼 뿐이며 다른 사람들에게는 그저 무정신수일 뿐이다. 정이라고는 없는 무정(無情) 말이다.

방곤은 진천룡과 부옥령이 놀랄 것이라고 예상했는데 그러지 않자 얼굴색이 흐려졌다.

"혹시… 틀렸습니까?"

진천룡은 대답 대신 화라연에게 받은 노리개, 수옥환을 내밀었다.

그러자 수옥환이 허공을 스르르 날아가서 방곤 앞에 살며시 내려앉았다.

방곤은 의아한 표정으로 자신의 앞에 놓인 수옥환과 진천룡을 번갈아 쳐다보았다.

진천룡은 짧게 말했다.

"찾아라."

"어린 소녀로군요?"

방곤은 수옥환을 만져보지도 않고 말했다.

"어떻게 알았느냐?"

"수옥환에서 어린 소녀 냄새가 났습니다."

그것만으로도 놀라운 재주다.

"얼마나 걸리겠느냐?"

진천룡은 본론으로 들어갔다. 방곤처럼 야비한 호색한, 도둑놈하고는 길게 대화하고 싶지가 않았다. 진천룡은 성품 자체가 의인(義人)이다.

예전 항주 성내에서 잔심부름을 해주면서 살아갈 적에는 주위에 그런 너절한 작자들이 많았었다. 그랬어도 그는 일절 물들지 않고 반듯하게 살아왔다.

그들을 경멸하면서도 내색하지 않았으며 일 때문에 어쩔 수 없이 어울리기만 했었다.

방곤은 생각하지도 않고 대답했다.

"넉넉히 사흘이면 됩니다."

"알았다."

방곤은 눈을 빛내며 제안을 했다.

"이 사람을 찾아서 데리고 올 수도 있습니다."

그러면 더할 나위 없이 좋은데 방곤 정도 무공으로는 어림도 없는 일이다.

화라연은 창파영에서 소미미를 데려오는 일이 진천룡으로서도 어려운 일이라고 말했다.

설사 성공한다고 해도 방곤은 호색한이라서 소미미를 겁탈할 게 뻔하다.

방곤은 진천룡의 그런 내심을 간파했는지 무척이나 진지한 표정으로 말했다.

"사람을 납치하는 데 꼭 무공이 높아야 할 이유가 없습니다. 무공보다 더 확실한 방법이 수십 가지는 됩니다. 확인해 보셔도 좋습니다."

그건 방곤의 말이 맞을 것이다. 목적지에 가야 하는데 꼭 두 발로 걸어서 갈 필요는 없는 것이나 같다.

방곤으로서는 결사적이다. 무슨 수를 써서라도 영웅문에서 탈출해야 하기 때문이다.

요마술을 잘 안다는 것으로 간신히 목숨을 건졌는데 영웅문 내에 요인(妖人)으로 구성된 조직을 신설한다고 했으므로 방곤이 필요 없는 존재가 될 수도 있다.

진천룡이 처음에 찾으라고 한 사람이 천군성주인 천상옥녀라고 했을 때 방곤은 엄청 놀랐었다.

진천룡이 무엇 때문에 천상옥녀를 찾는지 정확하게 모르지만 짐작되는 바는 있었다.

진천룡이 준 청옥과 홍옥을 섞어서 만든 귀한 술병에서 격조 높은 여자 즉, 천상옥녀의 체향이 흠씬 묻어 있었다.

그랬기에 방곤은 필시 이 술병은 그녀가 자주 사용했던 술병이 분명하고 판단했다.

그래서 방곤은 진천룡과 천상옥녀가 자주 같이 술을 마시는 사이였으며, 어쩌면 두 사람이 연인일지도 모른다고 짐작했다. 그리고 더 나아가 천상옥녀가 갑자기 사라졌기 때문에 진천룡이 그녀를 찾으려고 한다고 추측했다.

방곤은 조심스럽게 말문을 열었다.

"천상옥녀에 대한 일은 그만 덮는 것입니까?"

"그렇다."

설옥군이 어디에 있으며 그녀가 기억을 되찾았다는 것, 그리고 예전 그녀의 성격이 어떻다는 것 등을 화라연으로부터 자세하게 들었으므로 진천룡으로서는 생각을 정리할 시간이 필요했다.

방곤은 수옥환을 가리켰다.

"그렇다면 제가 이 여자를 데려오게 해주십시오."

진천룡은 방곤 같은 인간을 경멸하지만 겉으로 드러내지는 않았다.

"너를 어떻게 믿느냐?"

"그녀를 데리고 오면 돈을 주십시오. 그러면 그녀를 고이 모셔 오겠습니다."

"어째서 그렇지?"

방곤은 거리낌 없이 대답했다.

"돈을 받기로 하면 거래가 되고 그 여자는 여자가 아니라 거래하는 물건이 됩니다. 저는 물건에는 절대로 손을 대지 않습니다. 그게 제 신조입니다."

그 말이 조금 믿음이 가긴 하지만 그 말만 믿고 덜컥 일을 맡길 수는 없다.

방곤이 또 다른 제안을 했다.

"그리고 저의 일신 무공에 해가 되지 않는 범위 내에서 제게 금제를 가하십시오. 그래서 제가 그녀를 데리고 오면 금제를 풀어주시면 됩니다."

진천룡은 옆에 앉은 부옥령을 쳐다보면서 표정으로 '가능해?'라고 물었다.

부옥령의 눈이 초승달처럼 가늘어지며 살짝 미소를 지으며 '당연하죠'라고 대답했다.

그녀는 살짝 얼굴을 붉히면서 진천룡에게 전음을 했다.

[그게 안 되게 할 수도 있어요.]

진천룡은 의아한 표정을 지었다.

[뭘 안 되게 하는데?]

부옥령은 얼굴을 조금 더 붉히면서 진천룡의 하체를 슬쩍 쳐다보았다.

[그… 그거요.]

진천룡은 자신의 하체 소중한 부위를 굽어보면서 의아한 표정을 지었다.

[이걸 뭐가 안 되게 한다는 거야?]

그러다가 그는 퍼뜩 깨달은 표정을 짓더니 어이없는 표정으로 부옥령을 쳐다보았다.

[오줌 못 누게 하겠다는 거야?]

부옥령은 적잖이 당황해서 손을 저었다.

[그게 아니고요… 서지 않게 하겠다는 거예요……!]

진천룡은 고개를 갸웃거렸다.

[서지 않게?]

부옥령은 그의 이해를 돕기 위해서 평생 한 번도 입에 담아본 적이 없는 단어를 말했다.

[나… 남자의 음경이 일정 기간 동안 바… 발기하지 아… 않게 해놓는다는 거예요…….]

[아…….]

진천룡은 적잖이 놀란 표정으로 자신의 하체를 다시 한번 내려다보았다.

그는 부옥령을 보면서 어이없는 표정을 지었다.

[나는 한 번도 사용한 적이 없는데 어째서 발기하지 못하게 만든다는 거지?]

부옥령은 얼굴이 홍시처럼 빨개졌다.

[아이 참……! 주인님 말고 저놈 말이에요.]

진천룡은 방곤을 보고서야 안도하는 표정을 지었다.

방곤은 잔뜩 의아한 표정으로 진천룡과 부옥령을 번갈아 쳐다보았다.

두 사람이 전음을 주고받는 것 같은데 왜 그러는지 짐작조차 되지 않았다.

부옥령이 방곤에게 물었다.

"돈은 얼마나 주면 되겠느냐?"

방곤은 옳다구나 하는 얼굴을 애써 감추며 대답했다.

"은자 십만 냥 주십시오."

액수를 듬뿍 부르는 것으로 봐선 소미미에게 나쁜 짓을 할 것 같지 않았다.

"만 냥 주마."

부옥령은 액수를 십분지 일로 확 후려쳤다.

"너무 적지 않습니까……?"

방곤이 울상을 짓는 것을 보고 진천룡과 부옥령은 그가 욕심이 많다는 사실을 알게 되었다.

부옥령은 고개를 끄떡였다.

"알았다. 은자 십만 냥을 주마."

"감사합니다!"

방곤이 넙죽 고개를 숙이는데 그 위로 부옥령의 냉랭한 목소리가 들렸다.

"그 대신 네놈을 죽여주마."

방곤은 고개를 들고 두려움이 가득 떠오른 얼굴로 부옥령을 바라보았다.

"그냥 만 냥만 주십시오."

쌍영웅각 회의실에 술자리가 벌어졌다.

영웅문 간부 삼십여 명 전원이 모였기 때문에 용림재는 좁아서 쌍영웅각 회의실로 자리를 잡았다.

간부들은 편하게 술을 마시면서 각자 보고를 하고 또 의견들을 내놓았다.

부옥령은 간부 중 한 명인 소소가 탁자에 뺨을 대고 엎드려 있는 것을 발견했다.

그래서 부옥령은 그 옆에 있는 당재원에게 지시했다.

"소소를 깨워라."

그렇게 말하면서도 부옥령은 어쩌면 소소가 자는 것이 아닐지도 모른다고 생각했다.

영웅문 내의 무공훈련원 청검원의 원주가 된 당재원이 소소를 흔들었다.

"일어나게."

그런데 소소의 몸만 이리저리 흔들릴 뿐 일어나지 않았다. 아무리 졸리다고 해도 일어나지 못할 정도는 아닐 터이다.

당재원은 소소의 양쪽 어깨를 잡고 힘으로 일으켰다.

그런데 일으켜진 소소의 얼굴이 검푸르게 변해 있으며 입에서는 거품을 흘리고 있는 것이 아닌가.

"독!"

당재원이 움찔 놀라서 외칠 때 부옥령은 이미 소소 옆에 당도해서 그를 안아 바닥에 눕히고 있었다.

소소를 살피고 있는 부옥령 옆에서 진천룡은 심각한 표정을 지었다.

"독이야?"

소소의 손목을 잡고 진맥하던 부옥령은 어두운 얼굴로 대답했다.

"네, 중독됐어요."

"무슨 독이지?"

"그것까지는 모르겠어요."

부옥령은 혹시나 싶어서 살짝 운기를 해보다가 안색이 크게 변했다.

"저도 중독됐어요……."

"뭐야?"

그녀는 모두에게 급히 전음을 보냈다.

[모두 중독됐을 테니까 절대로 운공하지 마라. 운공하면 독

이 빨리 퍼진다.]

부옥령은 탁자에 차려져 있는 술과 요리들을 날카롭게 쏘아보았지만 어디에 독이 들었는지 알 수가 없다.

부옥령조차도 전혀 느끼지 못하는 사이에 중독됐다면 독을 푼 자는 독의 대가가 분명하다.

또한 독 역시 매우 희귀한 것이라 냄새나 맛, 색깔이 없어서 어디에 독을 풀었는지 알아낼 수가 없을 것이다.

'너무 방심했다…….'

부옥령은 재빨리 진천룡에게 전음을 했다.

[주인님, 천첩을 비롯한 이곳에 있는 모두 머지않아서 다 쓰러져서 혼절할 거예요.]

[어떻게 하느냐?]

[주인님께서 해결하셔야 해요.]

[내가? 무슨 소리냐? 나도 중독됐을 텐데 내가 뭘 할 수 있다는 말이지?]

부옥령은 진천룡의 왼쪽 손목에 채워져 있는 팔찌 전극신한을 가리켰다.

[주인님께선 전극신한이 있잖아요.]

[아… 그렇군.]

정천영이 말하기를 전극신한(全極神釬)은 신물(神物)로 손목에 차고 있으면 오피(四避)를 해준다고 했다.

다시 말해서 물(水), 불(火), 독(毒), 사(邪), 요(妖)에 당하지 않는다는 것이다.

그러니까 진천룡은 중독되지 않았을 테니까 그에게 모든 것을 맡기려는 것이다.

제아무리 공력이 심후해도 만독불침지신이 아닌 바에는 어느 누구라도 독에는 취약할 수밖에 없다.

부옥령은 반로환동의 경지에 이르렀지만 중독되어 쓰러지는 시간이 좀 늦어질 뿐이지 머지않아 독이 전신에 퍼져서 혼절하는 것은 매한가지다.

부옥령은 바닥에 앉아서 가부좌를 틀며 앉으면서 모두에게 전음을 보냈다.

[모두 바닥에 가부좌를 틀고 운공조식을 하는 체만 하고 운공조식은 하면 안 된다.]

모두들 우르르 일어나서 제각기 바닥에 가부좌를 틀고 앉아 눈을 감았다.

진천룡은 부옥령 뒤에 가부좌로 앉으면서 물었다.

[령아, 내가 어떻게 하면 되지?]

[우리가 모두 쓰러지면 독을 푼 인물이 반드시 나타날 거예요. 그럼 주인님께선 그자를 제압해서 해독약이나 해독하는 방법을 알아내셔야 해요.]

[알았다.]

부옥령이 다짐을 주었다.

[절대로 그자를 놓치면 안 돼요. 그러면 우린 죽거나 폐인이

되고 말 거예요.]

진천룡은 굳은 얼굴로 대답했다.

[명심하마.]

가부좌를 틀고 앉아 있는 중인들은 하나같이 단단하게 경직된 표정들이다.

진천룡은 긴장된 목소리로 부옥령에게 물었다.

[쓰러질 때가지 얼마나 걸리느냐?]

[모르겠어요. 천첩 같은 경우에는 최소한 반시진 정도 걸릴 거예요.]

진천룡은 잠시 생각하다가 말했다.

[좀 더 일찍 쓰러져라.]

[네?]

[그래야 독을 푼 놈이 나타날 거 아니냐?]

부옥령은 예쁘게 그를 흘겼다.

[독을 푼 자는 우리들 무위를 알고 있을 텐데 너무 빨리 쓰러지면 오히려 의심하지 않겠어요?]

第百七十三章

독종

슥…….

진천룡은 부옥령의 손목을 잡고 순정기를 주입했다. 저승의 문턱까지 가는 중상을 입은 사람도 그가 순정기만 주입하면 그 즉시 벌떡 일어났었다.

어쩌면 순정기로 중독된 사람들을 살릴 수도 있을 것이라는 희망을 품었다. 그런데 부옥령은 가부좌 한 채 혼절한 그대로 꿈짝도 하지 않았다.

아니, 오히려 그녀의 코와 입에서 검붉은 피가 주르르 흐르는 것을 보고 진천룡은 놀라서 급히 손을 뗐다.

'이크!'

순정기가 만사형통은 아니었다. 부옥령이 성신도의 특수한 공력으로 당했을 때에도 치료하지 못하더니, 중독도 고치지 못하고 있었다.

진천룡은 착잡한 기분에 쓴웃음을 지었다가 불현듯 깨달은 사실에 흠칫 놀랐다. 모두 중독되어 쓰러졌는데 자신만 움직이고 있었기 때문이었다.

그가 계속 깨어 있으면 독을 쓴 자는 다음 행동을 취하지 않을 것이다.

진천룡은 가부좌를 튼채 눈을 감고 청력을 잔뜩 돋우었다.

밖에서는 하녀들이 오가는 소리가 들렸다. 이곳 쌍영웅각 내는 영웅호위대가 지키지 않았다.

하녀들은 문이 굳게 닫힌 회의실 안으로 아무도 들어오지 않았다. 회의를 한다고 다른 이들의 출입을 엄금했기 때문이다.

진천룡은 실내에 있는 사람들의 숨소리가 매우 미약하다는 사실을 감지했다.

무공을 아예 못하는 소소는 어쩌면 이미 죽었을지도 모르는 일이다.

도대체 어떤 놈이 독을 썼다는 말인가. 하지만 진천룡은 무림에 대한 지식과 경험이 적어 아무리 머리를 쥐어짜 보아도 떠오르는 것이 없었다.

그로부터 반시진이 더 흘렀을 때에야 기척이 느껴졌다.

그런데 문과 창은 그대로 닫힌 채였고 아무도 들어오지 않았는데 한쪽 벽에서 흐릿한 기척이 감지됐다.

'뭐지?'

진천룡은 눈을 감고 귀로만 기척만 감지하고 있었다.

그래서 자신의 뒤에서 벽이 물결처럼 꿈틀거리는가 싶더니 어떤 물체가 툭 불거져 나오는 모습을 보지 못했다.

그 물체는 흑갈색 나무벽에서 조금씩 빠져나오더니 마침내 완전히 분리되었다.

스스으…….

그런데 그런 게 하나가 아니라 다섯이나 되었다. 삼면의 벽이 툭툭 불거지더니 흑갈색의 물체들이 떨어져 나왔다.

그제야 진천룡은 사람의 숨 쉬는 소리와 맥박이 뛰는 소리를 감지할 수 있었다.

'이것들이 미리 이 방에 잠복하고 있었구나……!'

 벽에서 나온 다섯 물체는 사람이었던 것이다.

사람이 어떻게 벽 속에 숨어 있을 수 있는지에 대해서는 진천룡으로서는 아는 바가 없다.

무불통지인 부옥령이라면 그것이 어떤 수법인지 즉시 알아차렸을 것이다.

다섯 개의 물체들은 즉시 흑갈색 옷을 입은 사람으로 변하여 진천룡과 부옥령에게 접근했다.

다른 사람들은 내버려 두고 진천룡과 부옥령에게만 접근하는 것으로 미루어 그들은 두 사람이 누군지 이미 알고 있는 것이 분명했다.

진천룡은 눈을 감고 있어서 그들의 모습은 보지 못하지만 기척으로 어느 방향에서 어느 정도 되는 거리에서 접근하고 있는지 눈으로 보는 것처럼 정확하게 파악하고 있었다.

'다섯 명이 전부인가? 아니면 벽 속에 더 숨어 있나?'

벽 속에 사람들이 있었는데도 어째서 자신이 감지하지 못했는지 희한한 노릇이다.

어쨌든 그들이 진천룡과 부옥령에게 무슨 수작을 부리기 전에 제압해야만 한다.

진천룡은 다섯 명 중에서 남자가 둘이고 여자는 셋 임을 간파했다.

남자와 여자는 호흡과 심장박동 같은 것들이 미세하게 다르기 때문에 간파할 수 있었다.

진천룡은 공력을 끌어올려서 두 손에 모았다.

다음 순간 그는 두 팔을 휘두르면서 다섯 방향으로 순정강기를 뿜어냈다.

츠으읏!

퍼퍼퍼퍽!

"흐윽!"

"악!"

다섯 마디 답답한 신음이 터지며 진천룡은 둥실 허공으로 떠올랐다.

그가 거의 천장까지 떠올라서 아래를 굽어보자 흑갈색 경장을 입고 복면을 쓴 다섯 명이 실내 바닥 여기저기에 쓰러져 신음만 흘리며 움직이지 못했다. 하나같이 마혈이 제압됐기 때문이었다.

슷—.

진천룡은 재빨리 한쪽 벽으로 이동해서 벽을 자세히 살폈으나 아무것도 알아내지 못했다.

삭…….

다음 순간 그는 맞은편 벽 앞에 나타났다. 공간을 이동하는 것 같은 경공, 접간공리로 부옥령에게 배웠다.

그렇게 짧은 시간에 세 개의 벽을 둘러보며 자세히 살폈으나 이상한 점을 전혀 발견하지 못했다.

하지만 그는 틀림없이 세 군데 벽의 어느 하나에 누가 더 있을 것이라고 확신했다.

회의실에 미리 잠입하여 벽 속에 매복할 정도로 용의주도한 놈들이라면 진천룡 등이 모두 중독되어 쓰러졌다고 해도 한꺼번에 다 나오지는 않을 터이다.

그렇다고 포기할 진천룡이 아니다. 그는 벽 속에 누군가 숨어 있다고 확신하여 정체를 반드시 밝혀낼 생각이었다.

그는 오른손을 쭉 뻗었다.

치잉!

그의 오른손에 한 자루 무형검이 만들어져서 은은한 백광을 흩뿌렸다.

순정강으로 만들어낸 무형검은 자르지 못할 것이 없었다.

그는 실내 복판으로 새털처럼 가볍게 내려서서 정면에 있는 벽을 향해 왼쪽 끝에서 오른쪽으로 무형검을 단번에 죽 그어버렸다.

츠으읏!

그러자 나무 벽의 아래와 중간 그리고 윗부분에 세 개의 줄이 죽 그어졌다.

쩌어억!

그는 또 하나의 벽을 향해 몸을 돌리는 것과 동시에 무형검을 그었다.

츠으읏!

두 번째 벽도 상중하 세 개의 직선 줄이 나란히 끝에서 끝까지 그어졌다. 중간에 화초가 놓인 탁자와 대(臺)가 있지만 다 잘라졌다.

두 개의 벽에는 아무도 없는 것이 분명했다. 사람이 있다면 몸이 잘리면서 피가 뿜어졌을 테니까 말이다.

'잘못 생각했나?'

진천룡은 내심 중얼거리면서 창이 있는 세 번째 벽을 향해 돌아서며 무형검을 그었다.

아니, 그가 돌아서는 순간, 벽에서 흑갈색의 무언가가 쏜살같이 튀어나오면서 여러 색깔의 작은 물체들을 던졌다.

파아앗!

거리가 워낙 가까웠고 쏘아낸 물체가 수백 개의 가느다란 암기들이어서 피하는 것은 불가능했다.

그러나 진천룡은 오히려 쏘아오는 수백 개의 암기를 향해 마주 부딪쳐 갔다.

후웅!

그가 다가가자 암기들이 물결처럼 좌우로 갈라져서 그를 스쳐 지나갔다.

암기를 발출한 인물도 흑갈색 경장에 검은 복면을 뒤집어쓰고 있는데, 복면 속의 두 눈이 경악으로 화등잔처럼 커졌다.

콱!

"허억!"

복면인이 다음 동작을 취하기도 전에 진천룡의 왼손이 그자의 목을 움켜잡았다.

진천룡은 오른손의 무형검을 사라지게 한 후에 그 손으로 복면을 벗겼다.

슥!

그러자 찰랑거리는 긴 흑발이 아래로 파도처럼 흘러내리며 한 여자의 얼굴이 드러났다.

그녀의 얼굴은 목이 움켜잡혀 조여 새빨갛게 변해 일그러져 있어 나이와 용모를 가늠할 수 없었다.

"끄으으……."

그녀는 입과 코에서 피를 흘리며 고통에 가득 찬 신음 소리를 흘렸다.

진천룡은 당장 그녀의 목을 부러뜨려서 죽이고 싶었으나 그녀가 이 무리의 우두머리인 것 같아서 해독약을 받아내기 위해 일단 살려두기로 했다.

그가 앞으로 쭉 뻗은 손의 힘을 약간 빼자 여자는 비로소 숨을 쉴 수 있었다.

"흐아앗!"

그녀는 빠르게 원래 혈색이 돌아오면서 거칠게 숨을 몰아쉬었다.

잠시 후에 이십오륙 세 정도 나이의 무척이나 아름다운 여자의 모습이 나타났다.

진천룡은 굳은 얼굴로 중얼거리듯이 물었다.

"너는 누구냐?"

"나는… 콜록! 컥… 컥!"

그녀는 말을 하려다가 격렬하게 기침을 해댔다. 조금 전 목이 조였을 때의 여파다.

진천룡은 마음이 조급해졌다. 중독된 측근들이 지금 어떤 상태인지 몰랐고 어쩌면 이미 죽은 사람도 있을 것 같아 미칠 것만 같았다.

그는 여자가 기침을 멈추기를 기다리지 못하고 이번에는 질문을 바꿨다.

"해독약이 있느냐?"

"퉤엣!"

그런데 여자는 대답하지 않고 진천룡 얼굴에 침을 뱉었다. 거리가 워낙 가까웠기 때문에 피가 섞인 한 움큼의 피가 고스란히 그의 얼굴에 달라붙었다.

그렇지만 진천룡은 닦을 생각도 하지 않고 여자를 바닥에 패대기쳤다.

"악!"

진천룡은 그녀가 바닥에 쓰러지는 것과 동시에 대라벽산 발탄기공을 발휘하여 한꺼번에 열아홉 개의 지풍을 발출하여 여자의 온몸 혈도를 가격했다.

파파파팍!

"흐윽!"

인간이 가장 고통스럽게 여기는 것이 불에 탈 때라고 하는데, 지금 진천룡이 여자에게 가한 분근착골수법은 그것보다 수십 배 더한 고통이다.

갑자기 여자의 입이 찢어질 듯이 벌어지고 두 눈이 튀어나올 것처럼 부릅뜨였다.

"아아악!"

그녀는 온몸을 미친 듯이 부들부들 떨면서 처절한 비명을 토해냈다.

진천룡은 그녀를 싸늘하게 쏘아보다가 힐끗 부옥령을 쳐다보았다.

부옥령은 눈을 꾹 감고 있는데 얼굴이 아까보다 더 검푸르게 변해 있었다.

진천룡은 가슴이 덜컥 내려앉아 다급히 부옥령의 손목을 잡아보았다.

맥이 아주 미약하게 뛰고 있다. 죽지는 않았지만 위험한 상태인 것만은 분명하다.

공력이 가장 높은 부옥령이 이 지경인데 다른 사람들은 보나 마나일 것이다.

그렇지만 진천룡은 여자의 분근착골수법을 거두지 않았다. 그녀에게서 해독약을 받아내려면 그녀가 똥오줌을 다 싸도록 만들어야만 한다.

조금 전에 진천룡 얼굴에 침을 뱉는 것을 봐서는 보통 독종이 아닌 것 같았다.

여자는 데굴데굴 구르지도 못했다. 고통이라는 것이 어느 정도여야 구르기라도 하는데, 분근착골수법은 구를 엄두도 나지 않을 정도로 고통스러워서 그저 온몸을 부들부들 떨기만 할뿐이다.

"으흐흐흐……."

고통이 극에 달하자 여자는 비명도 지르지 못하고 죽어가는 사람이 마지막 신음을 흘리는 것처럼 입에서 피가 섞인 침과 흐느낌을 흘릴 뿐이다.

여자를 쏘아보는 진천룡은 이를 악물었다.

'독한 년이다……!'

여자의 아혈을 일부러 제압하지 않은 이유는 그녀가 고통에

못이겨서 중간에 항복하라는 의도였다.

그러나 여자는 끝까지 버티고 있었다. 이렇게 독한 여자는 처음 보았다.

진천룡은 지금껏 분근착골수법을 견디는 사람은 남녀를 막론하고 한 명도 본 적이 없었다.

"끄으윽… 끄으……."

그런데도 여자는 떨림이 멈추고 몸이 딱딱한 통나무처럼 굳어지면서도 항복하지 않았다.

"……?"

그런데 그 순간 진천룡은 뭔가 이상하다는 생각이 들었다. 여자가 고통스러워하는 모습이 일반적이지 않기 때문이다.

분근착골수법에 걸린 사람의 일반적인 모습은 전신을 격렬하게 떨면서 비명이나 신음을 터뜨리는 것이다.

그런데 이 여자는 몸이 굳어가면서 미약한 신음 정도만 흘리고 있지 않은가.

순간 어떤 생각이 진천룡의 뇌리를 스쳤다.

'설마……'

그는 급히 여자에게 손을 뻗어 대라벽산 발탄기공으로 여자의 분근착골수법을 정지시켰다.

그러자 여자의 몸이 축 늘어지며 입에서 왈칵 검붉은 핏덩이가 쏟아졌다.

*　　　*　　　*

진천룡은 급히 여자의 맥을 잡았다. 맥이 뛰지 않고 심장박동도 멈추었다.

"이런……."

그는 조금 전에 제압한 다섯 명을 재빨리 둘러보다가 미간을 찌푸렸다.

다섯 명 모두 입에서 검붉은 피를 흘리며 눈을 부릅뜬 모습인데 이미 죽은 것 같다.

"안 돼……."

그때 문이 벌컥 열리면서 영웅호위대 고수들이 득달같이 들이닥쳤다.

"주군! 무슨 일입니까?"

"아앗! 주군!"

호위고수들은 실내의 상황을 목격하고 크게 놀라서 소리를 질렀다.

실내에 있는 사람들은 진천룡 한 사람을 제외하고 모두 쓰러져 있거나 가부좌의 자세를 취한 채 움직이지 않고 있었고 그들의 코와 입에서 검붉은 피가 흐르고 있으니 경악하는 것이 당연했다.

호위고수들이 사람들에게 다가가는 것을 본 진천룡이 외쳤다.

"그들을 만지지 마라!"

중독된 사람을 만졌다가 그들도 중독될까 봐 그러는 것이었다. 어쩌면 실내의 공기도 중독됐는지 모르는 일이지만 그들은 이미 들어왔으니 어쩔 수 없는 일이다.

정무웅이 놀란 얼굴로 진천룡에게 물었다.

"주군, 어찌 된 일입니까?"

진천룡은 착잡하게 대답했다.

"독에 중독됐다. 너희들 중에 독에 대해서 잘 아는 사람이 없느냐?"

위융이 실내를 둘러보다가 가부좌로 앉아 있는 훈용강을 보면서 말했다.

"훈 장로께서 독에 대해 잘 아시는데……."

훈용강이 독의 달인이라고 한들 무슨 소용이겠는가. 그 역시 중독되어 혼절했는데 말이다. 어쩌면 지금쯤 그는 죽었는지도 모르는 일이다.

훈용강보다는 부옥령이 독에 대해서 더 잘 알 것이다. 그런 그녀도 지금 코와 입에서 피를 흘리며 저승 문턱을 넘고 있는 중이다.

"물러나라!"

진천룡은 호위고수들에게 손을 저으며 외쳤다. 만약 호위고수 중에 누구라도 중독된 사람들을 잘못 만졌다가 중독될지도 몰라서 적잖이 염려가 됐다.

성황이 이러하니 진천룡은 피가 바싹바싹 말랐다. 해독약을 받아내야 할 괴한들이 아차 방심하는 사이에 모두 죽어버렸으니 이제 어떻게 한다는 말인가.

다급하고 초조하니 아무 생각도 떠오르지 않았다. 그저 절망적인 상황만 자꾸 떠올라서 마음을 어둡게 만들고 있을 뿐이다.

주군인 그가 아무런 대책도 없이 부옥령을 비롯한 측근들이 하찮은 독 나부랭이에 중독되어 죽어가는 모습을 이대로 지켜보고만 있어야 하는 것인가.

그는 자신이 너무도 무력해서 미칠 지경이다. 이런 상황에 자신이 아무것도 하지 못한다는 사실이 믿어지지 않았다.

그러고 보니까 그는 지난날에 거의 모든 일들을 설옥군과 부옥령에게만 의지했었다.

시간이 없다. 부옥령 등의 목숨은 촌각을 다투고 있다.

'아아…….'

진천룡은 자신의 곁에 부옥령이 없다는 생각을 하니까 눈앞이 캄캄해졌다.

연인이며 그토록 사랑했었던 설옥군이 홀연히 사라져서 그의 가슴을 갈가리 찢어놓았는데, 이제 믿고 의지하는 부옥령마저 죽으려 하고 있다.

만약 부옥령이 이대로 죽는다면 진천룡은 절망에 빠질 것이다.

부옥령이 없으면 검황천문과 요천사계, 마중천을 상대할 수 없기 때문이 아니다.

그런 것들은 하지 않으면 그만이다. 영웅문에 똘똘 뭉쳐서 이대로 수성(守城)만 하면 어떻게든 될 터이다.

그런 것을 떠나서 진천룡을 절망에 빠뜨리게 될 것은 필시 외로움일 터이다.

그 외로움은 극독보다 더 지독하여 하루하루를 버티기가 어려울 것이다.

설옥군이 갑자기 사라진 이후의 그 큰 충격을 부옥령이 메워주었는데, 이제 그녀가 죽는다면 어찌 되겠는가.

아니, 부옥령이 이대로 죽으면 나는 어떻게 하느냐는 문제가 아니다.

진천룡 자신이 아니라 부옥령이 죽는다는 사실이 더욱 중요한 일이다.

그때 정무웅이 진천룡에게 조심스럽게 물었다.

"그런데 주군께선 괜찮으십니까?"

호위고수들은 긴장된 표정으로 진천룡을 주시하고 있다.

절망에 빠져 있는 진천룡은 그 말을 듣지 못한 듯 부옥령만 멍하니 바라보고 있을 뿐이다.

정무웅은 어쩌면 진천룡도 중독됐는지 모른다는 생각에 초조한 얼굴로 다시 물었다.

"주군, 중독되셨습니까?"

"……."

그래도 대답이 없자 정무웅은 용기를 내서 손으로 그의 어깨를 건드렸다.

"주군."

"어……."

"주군께서도 중독되셨습니까?"

정무웅이나 호위고수들로서는 몹시 중요한 질문이다. 진천룡이 영웅문 그 자체이기 때문이다.

진천룡은 절레절레 고개를 가로저었다.

"아니다. 나는 괜찮다."

정무웅은 용기를 내서 물어보았다.

"모두 중독됐는데 어째서 주군께서는 괜찮으신 겁니까?"

진천룡은 자신의 왼팔을 들어서 손목에 찬 전극신환을 보여주었다.

"이게 피독(避毒)하는 능력이……."

그 순간 그의 뇌리를 번뜩 스치는 것이 있다.

"아……!"

그는 전극신환과 부옥령을 번갈아 쳐다보았다.

"혹시 이것으로……."

그는 급히 자신의 손목에서 전극신환을 뽑아 부옥령의 손으로 가져갔다.

그녀의 손목에 전극신환을 채워주는 방법을 떠올린 것인데 밑져야 본전이다.

그가 전극신환 덕분에 중독되지 않았다면 그것이 부옥령의 중독을 풀어줄 수도 있지 않을까 생각한 것이다.

그러다가 생각이 바뀌어서 그녀의 손을 놓고 전극신한을 그녀의 입에 가져다 대보았다.

그러나 안타깝게 다섯을 세는 동안에도 별다른 변화가 나타나지 않았다.

'이게 아닌가……?'

속으로 중얼거리던 그는 전극신한을 부옥령의 몸 이곳저곳으로 옮겨서 대보았다.

전극신한을 손목에 차고 있으면 독을 피할 수 있는데, 중독된 후에도 독을 몰아낼 수 있는지 궁금했다. 그렇게만 된다면 이들을 살릴 수가 있다.

슥…….

전극신한이 부옥령의 머리 꼭대기 정수리 즉, 백회혈에 이르렀을 때 갑자기 그녀의 몸이 후득! 움직였다.

진천룡은 바짝 긴장하여 전극신한이 움직이지 않도록 꼭 잡고 그녀를 주시했다.

그녀의 몸이 가늘게 부르르 떨리는가 싶더니 몸속에서 꾸륵거리는 소리가 들렸다.

극도로 긴장한 진천룡은 눈도 깜빡이지 않고 그녀의 정면에서 그 모습을 주시하는데 입술이 바짝 탔다.

지금 부옥령의 몸이 저렇게 반응을 보이는 것이 좋은 일인지 아니면 상태가 더 악화되고 있는 것인지 짐작조차 할 수가 없기 때문이었다.

그런데 그때 부옥령의 입이 벌어지더니 왈칵! 새카만 액체가 뿜어져 나왔다.

푸악!

"주군!"

액체가 진천룡 얼굴을 향해 곧장 쏘아가자 정무웅과 위윰이 다급하게 외쳤다.

그러나 진천룡은 피하지 않고 그대로 서 있었다. 액체는 그의 얼굴 두 뼘 거리에서 뚝 멈추더니 느릿하게 바닥에 떨어졌다.

치이이…….

떨어진 액체는 연기를 내면서 나무 바닥을 태우며 타들어가기 시작했다.

부옥령이 뱉어낸 것은 독이 분명했다. 얼마나 지독한 극독인지 매캐한 악취를 풍기면서 순식간에 바닥에 커다란 구멍이 뻥 뚫렸다.

위윰이 나는 듯이 밖으로 쏘아나갔다. 아래층으로 가서 그곳에 있는 사람들을 피신시키려는 것이다.

독액이 이 층 바닥과 천장을 뚫고 아래층으로 떨어진다면 그곳의 사람이 위험하다.

그러나 진천룡은 그런 것에 한눈을 팔 겨를이 없다. 그의 시선은 부옥령의 얼굴에 꽂혀 있다.

그때 마침 부옥령의 검푸른 얼굴이 점차 흰색으로 돌아오기 시작했다.

진천룡이 숨을 멈추고 지켜보는 동안 그녀의 얼굴은 흰색이 되었다가 잠시 후 발그레 혈색이 돌았다.

조금 전에 그녀가 토해낸 새카만 액체는 독액이 맞았고, 독을 배출할 수 있었던 것은 전극신한 덕분인 게 분명했다.

부옥령이 깜빡거리면서 눈을 뜨려고 하자 진천룡은 그녀가 깨어나는 것을 볼 겨를도 없이 앉은 자세에서 다음 사람에게 빛처럼 미끄러져 갔다.

부옥령이 살아난 것이 확실하므로 촌각을 다투어 다음 사람을 구하려는 것이다.

누구부터 구할 것인지 고를 겨를도 없다. 부옥령에게서 가장 가까운 곳에 쓰러져 있는 옥소에게 다가가서 엎어져 있는 그녀를 일으켜 앉혀서 한 손으로 잡고 백회혈에 전극신한을 얹고 손을 덮었다.

진천룡은 왼손으로 잡은 옥소의 어깨를 통해서 그녀가 아직 살아 있는지를 가늠해 보았다.

그런데 그녀의 생의 징후를 미처 감지하기도 전에 조금 전의 부옥령처럼 그녀의 몸이 부르르 격렬하게 떨었다.

"됐다."

진천룡 얼굴에 안도의 표정이 떠올랐다.

고맙게도 아직 죽지 않았다는 것이고 이제 잠시 후에는 살아날 것이라는 전조다.

그러고는 옥소가 왈칵 독액을 토해내는 것을 보는 즉시 진천룡은 다음 사람 화운빙에게 급히 다가갔다.

이들 중에서 화운빙의 공력이 가장 심후한데도 그녀 역시 가부좌로 앉은 채 혼절했으니 독이 얼마나 지독한지 짐작할 수가 있다.

하늘의 도움으로 다행히 모두 해독했다.

아니, 그렇지 않다. 마지막 한 명이 남았다. 무공을 배워본 적이 없는 영웅문의 책사인 소소다.

그러고 보니까 소소를 까맣게 잊고 있었다. 아니, 설혹 잊지 않았다고 해도 다른 사람들을 제쳐두고 소소부터 치료할 수가 없었다.

소소는 무공을 익히지 않았기 때문에 가장 위험하다. 그래서 이미 숨이 끊어졌을 수도 있었다. 그래서 소소를 기억했다고 해도 그를 포기했을 것이다.

소소를 제외하고 모두 살아난 것을 보면, 이들이 중독된 독은 사람을 중독시켜서 가사 상태에 빠지게만 하는 것이거나 아니면 빠르게 중독시키는 대신 그 상태가 길게 이어지다가 몇 시진 후에 죽게 만드는 독성이 있는 것 같았다.

소소는 술을 마시던 일행 중에서 제일 먼저 중독되어 탁자에 엎드렸었다.

진천룡이 살펴보니까 소소는 칠공에서 검은 피를 흘린 채 이미 숨이 끊어져 있었다.

그걸 본 진천룡은 마음이 착잡하고 속이 쓰렸다. 영웅문에서 중용하여 남창 조양문에 있는 놈을 데리고 왔는데 이런 식으로 허무하게 죽어버리다니…….

"주군, 그 녀석 아직 살아 있을 겁니다."

소소 근처에서 가부좌로 앉아 있던 정천영이 운공조식을 끝내고 말하자 진천룡은 의아한 표정을 지었다.

"살아 있다니……."

"제가 그 녀석에게 귀식대법을 시전했습니다."

"귀식대법을?"

"가사 상태로 만들어놓으면 호흡도 끊어지고 혈류도 돌지 않으니까 독이 퍼지는 속도가 원래의 십분지 일 정도로 떨어질 것 같아서 그랬습니다."

"오… 그런가?"

진천룡이 엎드려 있는 소소의 귀식대법을 해혈했지만 깨어나지 않았다.

소소는 이미 독이 온몸에 퍼져 가장 먼저 혼절했었는데 그 때 정천영이 그를 가사 상태로 만든 것이다.

소소는 귀식대법을 해혈했는데도 깨어나지 않고 있었다. 지금 진천룡이 할 수 있는 것은 전극신한으로 그의 체내의 독을 배출시키는 것뿐이다.

"일으켜서 앉히게."

진천룡의 말에 정천영과 훈용강이 양쪽에서 소소를 잡아 상체를 쭉 펴도록 했다.

진천룡은 오른손의 전극신한을 소소의 정수리에 대고 왼손을 펴서 그의 가슴에 밀착시켜 순정기를 조금씩 부드럽게 주입시켰다.

다른 사람들은 절정고수 이상 수준이라서 전극신한을 대는 것만으로 독을 배출시킬 수 있었지만 소소는 공력이 전혀 없기 때문에 진천룡이 순정기를 주입해 주는 것이다.

그때 완쾌된 부옥령이 일어나서 진천룡 옆으로 다가와 정이 듬뿍 담긴 눈빛으로 그를 바라보았다.

부옥령은 중인들에게 탁자 둘레 자리에 앉으라고 손짓을 해 보였다.

『붕정대연가(鵬程大戀歌)』 17권에 계속…